有斜阳处有春愁

——才女的诗心和宿命

早早 著

凤凰出版社

看从古至今女人的诗，讲述历史中的故事，快乐着她们的快乐，悲伤着她们的悲伤。那是心灵深处的幽怨，是一滴泪在风中叹惋。无论宫廷命妇、良家女子，还是舞女歌妓、方外之士，她们都有着同样的女人心，让你无法拒绝，只能倾听。

恨嫁 ㊂

风流 ㊃

才情 ㊄

目录

宫怨 壹

琴瑟 贰

壹

宫怨

凉风起兮天陨霜，怀君子兮渺难望。

秋日的清晨，阳光从高深的宫墙上斜斜掠来。在冷冷清清的长信宫中，以才华德行著称的西汉成帝后妃班婕妤正在亲自洒扫。洒扫完毕，闲来无事，她手中拿着早已无所用途的团扇在宫中徘徊，以期度过漫长的白昼。抬眼时，看到一只寒鸦正从昭阳殿的上空飞近。古人以日光象征皇帝的恩宠，昭阳殿就是君王的住所。班婕妤的容貌虽然如玉般洁白美丽，却比不上一只乌鸦，飞过昭阳殿时还能沐浴到君恩的日光。人不如物，被弃如秋扇，班婕妤不禁黯然神伤。

这是唐代大诗人王昌龄《长信秋词》中赋予班婕妤的艺术生命。诗中将婕妤的怨与哀写得含蓄又优雅，其中还运用了班婕妤自己的诗篇《怨歌行》的意味。诗中写道：

奉帚平明金殿开，且将团扇共徘徊。

玉颜不及寒鸦色，犹带昭阳日影来。

婕妤，是古代后宫的品级。班婕妤，后人只知道她是东汉史学家班固、班昭的祖姑，历史记载了她的命运，至于其芳名却已无迹可寻。幸而她还曾写下《怨歌行》和《自悼赋》，让人们可以在千载以下，偶尔去领会一个宫中女人的心声。眼看舞伎出身的赵飞燕姐妹固宠于君王，班婕妤是否会失悔往日的矜持和德行呢？那时她凭着才学，也曾深得汉成帝的赏识。成帝邀她同车游玩后宫，这原是无比的恩宠，班婕妤却谨慎地婉拒。她诚恳地劝说成帝，明君应和贤良的臣子同行，只有末代君王才与美女同车。成帝听后深为信服。如果没有赵飞燕姐妹的出现，也许她的宠爱仍会继续。可是不久，赵飞燕进宫了。

赵飞燕，传说中环肥燕瘦的"燕瘦"。她的传奇从出生就开始演绎。据说父母曾经把她弃之荒野，三日后于心不忍前往查看，发现这个女孩的生命力是如此顽强，于是又把她带回家中。她和妹妹合德从艺的经历传说不一，有的说她们在江都易王宠姬李阳华的教导下，精于妆容和媚术。也有的说她们流落民间时投靠了阳阿公主的管家赵临，修习歌舞之技。总之，她们以无与伦比的歌舞技艺，在阳阿公主府名声大噪。她从此号称飞燕，如同唐代大诗人李白在《阳春歌》中所咏"飞燕皇后轻身舞"。

西汉鸿嘉三年(前18年),成帝来到阳阿公主府中,色艺双绝的赵飞燕就这样进入了天子的视野。赵飞燕身轻如燕,长袖善舞。《西京杂记》以诗一样的言辞记载她的故事:当她轻盈的身姿翩然而舞时,不意一阵风起,眼看飞燕就要飘然飞升成仙而去,幸亏侍女机警,紧紧抓住了她的裙子,美人才没有随风逝去。而这裙子便也有了不同寻常的美名——留仙裙。由此可以想见,飞燕不俗的仙姿对皇帝的深深触动。飞燕进了宫,皇帝将其封为婕妤。

赵婕妤在宫女的建议下,依照后宫最为通常的做法,将妹妹赵合德引荐进宫。在这之前,即使是德行高尚的班婕妤在后宫的倾轧中也不能免俗,将自己贴心的女官李平推荐给了皇帝。皇帝也曾宠爱过李平,将其封为婕妤,还出于抚慰李婕妤不必介意自己出身低微之意,将她赐姓卫子夫之卫。卫子夫是平阳公主府中的歌女,得到武帝的垂青,最终母以子贵,成为大汉天子的卫皇后。可惜,赐姓卫婕妤的李平未能固宠,另一个出身公主府中的女子赵飞燕倒更像足了卫子夫皇后的命运,在那惊鸿一瞥中得到了皇帝的眷顾,并最终赢得母仪天下的女人的称谓:皇后。

赵合德一进宫,立时得到了皇帝前所未有的宠爱。从此,姐妹俩是盟友,也是对手。

新人笑,旧人哭。笑的是赵氏姐妹,哭的是许皇后,是班婕妤。史书并没有记载失宠的宫人们是否还努力地唤醒成帝对逝去宠爱的追忆。但是赵飞燕姐妹之所以能够扳倒这两棵大树也算是渔翁得利。成帝的母亲王政君太后本是一个缺乏见地的女人,她在政治上没有大的追求,只是一味地守护娘家的权利。王政君的兄长王凤与许皇后的父亲许嘉同任大司马大将军领尚书事。许嘉作为皇后家的外戚势力,成了皇太后的外戚势力的阻碍。那年王家刚刚大封诸侯,上天便有种种主阴的不利异象。为了摆脱干系,王家人便把这天谴的缘由,归咎到同是外戚的许嘉连同后宫中的许皇后。许嘉退职,许皇后的开支被削减。可是,异象仍在发生,王家人继续追究着其中根源。

这时,飞燕姐妹俩不失时机地上书告发,称许皇后的姐姐许谒施巫蛊诅咒怀孕的王美人和大将军王凤。许皇后因此被废,幽居长定宫。班婕妤亦受到了牵连。问责之时,班婕妤泰然自若地对曰:听说死生有命、富贵在天,一心德行都未必蒙福,怎还会以邪念为欲望?若鬼神有知,不会接受对我的非议,如果上天不知,说了又有何用?所以我不做无谓的辩护。皇上听了她这番坦坦荡荡的话,不知是否又忆起当年她劝辞花园并驾的往事。总之,史书记载,“上善其对”,怜悯她,还给了她黄金百斤作为抚慰。班婕妤为了避祸,亦退守长信宫,从此伴随太后。

永始元年(前 16 年),赵飞燕终于入主中宫,居住在豪华的东宫远条馆。赵飞燕的欢笑背后,是废后悲哀的眼泪。花费无数心机,飞燕终于登上皇后之位,却难逃失宠的命运,正如史书中那隐讳的笔触“后宠少衰,而弟绝幸,为昭仪”。一个绝字,是说不尽的汉成帝对于赵合德的宠幸。即使曾经飘然欲仙的飞燕,对此也无能为力。

赵飞燕、赵合德姐妹俩都深谙沐浴之道,成帝还特地为合德修建了浴兰室。飞燕浴五蕴七香汤,坐在沉香的水中,淋洒百蕴香。妹妹合德则浴豆蔻汤，涂露华百英粉，因为修炼了道术，沐浴完豆蔻汤的合德通体发光。无论沉水的香袋，还是涂抹的香料，都以百蕴、百英为名，说明是集多种香料配制而成。汉成帝喜爱偷看赵合德洗澡，窥视之际一旦被宫女发现，池中的合德竟能于瞬间极富策略地逃避而去，不仅裹上衣衫，还吹灭烛火，让皇帝怅然长立叹息眼福未饱，却又心藏无限想像空间，更添爱宠之意。成帝为了满足欲望，甚至每次都身揣黄金百十以贿赂出出入入的宫女，为其开启方便之门。赵飞燕闻知，也想效仿妹妹邀宠，于是准备好香汤，邀请皇帝前去观浴，结果飞燕毫无遮掩的沐浴，反让光明正大观浴的皇帝倍感无趣。争宠的结果，是妹妹赢了。不仅因为妹妹犹抱琵琶半遮面的娇羞更具诱惑力，也因为沐浴后的效果有差异。据汉成帝说，赵飞燕虽然沐浴生香，却不如合德搽香粉产生的体有异香。

唐代诗人韩偓《咏浴》诗曾咏此事：

再整鱼犀拢翠簪，解衣先觉冷森森。教移兰烛频羞影，自试香汤更怕深。

初似洗花难抑按，终忧沃雪不胜任。岂知侍女帘帷外，剩取君王几饼金。

两人的争宠总是飞燕棋差一着。有一次成帝对合德说，飞燕晚上比白天好看。合德立即送给姐姐一颗枕前不夜珠，让飞燕的枕前夜晚犹如白天，再无夜视之美。

但在子息一事上，二人却都输了。就连史书也怀着那么点好奇的笔触秉笔直书道："姊弟专宠十余年，卒皆无子"。于是，便有了她们为了保养光滑的肌肤，服用含有麝香的息肌丸导致不孕的传说。至于赵合德谋害皇子们则是有史可据的。那是在《汉书·外戚传》中揭露出来的一段公案：

昭仪赵合德侍帝多年无子，对怀孕的宫人、出生的皇嗣，一概加以无情的迫害，致使成帝结婚二十余年，没有一个子嗣存世。听说女史曹氏生子，赵合德即派人将婴儿扑杀，继而毒杀曹氏，六个知情的宫婢也被迫自缢。许美人生下一子，合德闻知后，责问成帝道：常常不在我这里的时候，你就说是从中宫姐姐那里来，既然是从中宫来，许美人的小孩子是从哪里来的？说到愤恨处，赵昭仪以手自捣，用头撞柱子和墙壁，哭闹绝食，最后还说：那如今打算怎么安置我呢，让我回去好了！成帝也有怨言了：我特地来和你坦白这件事，你反而生气，真是不可理解。成帝被昭仪弄得无计，索性也绝食了。昭仪问他，你为什么不吃？你常自言"约不负汝"，可是美人有子，你终是负了我。成帝当下许下誓言：我一定不会让人超出赵氏以上，你不要担忧。成帝于是派人手持绿囊书送给许美人，让许美人把孩子送过来。对于孩子的父亲，许美人大约是毫无设防的，她把孩子装在苇箧里送了过来。成帝与昭仪让人把孩子放在屋里，就把侍女们全部支使到屋外，紧闭了门窗。过了一会儿，即命人将苇箧中的死婴送出去埋了。自此后宫再无人敢怀孕生子，生子者辄死，暗中饮药堕胎的又有无数。

《汉书》中的小说家笔法，把成帝和合德的爱情写得专断又残酷，读来令人瞠目。但这确实是汉成帝对合德的爱情表白，或者说是对赵氏姐妹的承诺,至死未渝。

东窗事发的时候,汉成帝已经一夜暴卒。成帝之死官方没有给出什么说法,倒是记录下坊间的传闻,说是“民间归罪赵昭仪”。民间传说,赵昭仪因为滥用春药,导致汉成帝服食过多暴卒。关于合德的死,史书说得很确凿,成帝之死,昭仪自知罪大,因为身边的十余人都不是她自己的心腹,所以她分了很多珠宝给她们,条件是“无道我家过失”。这是侍婢们在配合调查杀害皇子案时透露的。

合德自杀了。数年后,曾经贵为皇太后的姐姐飞燕也自杀了。

赵飞燕曾接受贿赂,怂恿成帝将定陶王刘欣立为太子。刘欣即位后,感恩之余尊赵飞燕为皇太后。六年后,哀帝刘欣去世,太皇太后王政君迎立平帝。赵飞燕因得罪王氏外戚,被揭残害皇嗣一事,夺太后称号,贬为庶人,发配成帝陵园,含恨自尽。

《汉书》落在飞燕与合德二人身上的是“自杀”,是“诛”。史家笔法,微言大义,一个字便是落定了终生的褒贬。早就退守东宫的班婕妤,虽然连去世的时间都没有记录,却得到了“薨”字的首肯。

大约,班婕妤是不需要别人为她追悼了,她自己早已在退守东宫后写下了《怨歌行》和《自悼赋》。年轻的生命就这样被迫漫漫打发在清冷的宫中,她的郁闷、哀怨,就只有借着一枝彩笔,尽情地抒写出来,她的《自悼赋》、《怨歌行》情辞凄婉。《怨歌行》又名《团扇诗》,千载以下,依然最能代表后宫闺怨的心声。诗云:

新裂齐纨素，皎洁如霜雪。
裁为合欢扇，团团似明月。
出入君怀袖，动摇微风发。
常恐秋节至，凉飙夺炎热。
弃捐箧笥中，恩情中道绝。

歌行落笔全在一把扇子上，扇子的皎洁如同明月一般，就仿佛人的美丽与高洁。夏季炎热时，扇子常备不懈。一旦秋风来临，天气凉爽，扇子就会被扔到箱中，不屑一顾。班婕妤以扇自比，以君喻成帝，而她失宠长信宫的命运，就好像那把曾经皎洁如月，而今被弃箧笥的秋扇。她的比喻既生动又贴切，感情又是如此哀感真切，引起历代宫女的共鸣。

如果说，班婕妤在《怨歌行》中的抒发还很婉转，那么在《自悼赋》中，凄怨空虚的情感可谓流露无遗。赋中写道："奉供养于东宫兮，托长信之末流。共洒扫于帷幄兮，永终死以为期。"这是她自避长信宫后的生活状态。洒扫庭除，生活的希望已全部泯灭，自知将以此终老。对于一个青年女子来说，这是何等的绝望。她已经想到了死，愿归骨山林，至少死后可以跳出这无望的深宫。中庭绿草萋萋，相比这灿烂的大自然，因为无人临幸，庭院玉阶尘满，屋内冷冷清清，死一般枯寂，连衣裙摩擦的声音都听得真真切切。深宫的寂寞中，她却始终无法忘怀君王。在思念的煎熬中，在失意的痛悔下，她涕泪横流，无以销忧，唯有饮酒。她不禁感慨自己的一生，就这样像浮云般逝去。班婕妤依靠才情抒发了自己的忧怨，也为无数同样命运的姐妹们一抒怨怀。更可怜可悲的，是那些有着同样深沉的凄怨、却无从抒写的后宫女子们，她们默默无闻地在凄寂中孤老，什么也没有留下。

在班婕妤感伤自悼的很多个夜晚，她或许也曾聆听过失宠的皇后赵飞燕的歌声。古代文学作品中有首歌，至今仍冠着赵飞燕的芳名。那是她当年的吟唱：

凉风起兮天陨霜，
怀君子兮渺难望。
感予心兮多慨慷。

这汉代的歌辞，应是飞燕在风清月明之夜的弹唱吧。她独自守着天黑，感叹君心之远。带“兮”字的楚歌，总是那么幽怨深情。深秋霜降，怀人不已，语质情深，言短韵长。夜阑寂寞，人在何处？心中的无限感伤付之瑶琴，弹奏出的却是更宽广的寂寞。《西京杂记》中说飞燕有宝琴名凤凰，亦善为《归风送远操》。汉成帝曾经赐给赵飞燕一具古琴，或许就是这具凤凰琴。好听的名字，归风送远。只可惜，当秋日来临的时候，凉风起，白霜降，怀念君子却渺杳难望，心里是多么的哀伤啊。她应该是一通复一通地吟唱着这首歌，吟唱失意的青春，和自悼的班婕妤又有何差别呢？尽是那秋凉的寂寞，却终是无以排遣。稍有不同的，是她的妹妹合德至少还允许皇帝到中宫来，她仍可以对重温鸳梦怀着梦想。

多少诗人为了这些美丽的深宫女子们吟咏叹惋，就像李白在《婕妤怨》

中写到的：

月皎昭阳殿，霜清长信宫。天行乘玉辇，飞燕与君同。

便有留情处，承恩乐未穷。谁怜团扇妾，独坐怨秋风。

最著名的诗句当属王昌龄的《长信秋词》，但与其把“犹带昭阳日影来”中的“昭阳”看作泛指皇后皇帝居所，或许更应确指为赵合德的居所昭阳舍。昭阳舍有着无与伦比的豪华，史书上记载，中庭朱红，台阶全用铜制，上面涂以黄金，白玉石栏，壁带亦用黄金，饰以蓝田玉、明珠、翠羽等，这种奢华的礼遇是后宫从来未曾有过的。

秋日的凄清，从黑夜到白昼，其实只有一个人的欢乐荡漾在汉宫秋月之中，那便是昭阳舍中的赵合德。而她，也终于在放荡中香消玉殒。

（清）任熊　瑶宫秋扇图

常恐秋节至，凉飙夺炎热。
弃捐箧笥中，恩情中道绝。
——《怨歌行》

念君弃我时，独愁常苦悲。

公元223年，陈思王曹植三十二岁，他刚刚从都城洛阳回来，经过洛水。

这时，曹操早已去世，兄长曹丕业已称帝四年。曹植被封为鄄城王，近来因为生活放纵被徒封雍丘王。五月间，他为此特意前往洛阳朝见他的兄长冰释前疑。返回途中经过洛水，他恍惚之间梦到洛神宓妃。那是传说中的伏羲之女，因为溺水而亡成为洛水女神。人神缥缈之际，他写下了千载流芳，却又令人遐思无限的《洛神赋》。

曹植笔下，洛神是如此飘逸轻灵，“翩若惊鸿，婉若游龙，荣曜秋菊，华茂春松。仿佛兮若轻云之蔽月，飘飖兮若流风之回雪”，“体迅飞凫，飘忽若神。凌波微步，罗袜生尘”；她是如此明媚照人，“皎若太阳升朝霞”、“灼若芙蕖出渌波”；她明眸善睐，优雅贞静，“含辞未吐，气若幽兰”。洛神之美轮美奂，跃然纸上。

赋中第一人称的“余”，对洛神是这般情有独钟：她的美丽令人心襟摇荡，她的婀娜令人废寝忘食。赠给她玉佩作为信物，定下约定，却是患得患失，唯恐落空。洛神对“余”亦是如此垂青：离去之时，流连忘返，欲去还来。她举起罗袖掩面而泣，泪落如雨，哀叹道：“美好的聚会如此短暂，从此一别，天各一方。无以表白我的爱情，唯有赠以我佩戴的明珠耳环。虽然我长年幽居于洛水之下，我的心却永系于君。”

洛神终是这样虚无缥缈，一去无踪。在“余”心中徒留下一段缠绵不尽的黯然神伤。

一段痴缠而凄美的人神之会，终于转眼成空。

有人说，这篇赋是曹植借着香草美人的文学传统表达自己政治理想的幻灭。也有人说，赋名早已被偷换概念。这赋本叫《感甄赋》，正是曹植为他的长嫂——曹丕之妻甄宓所作。据说，曹植离开京城前，酒席之间，曹丕把亡妻甄宓的玉枕送给弟弟作为纪念。曹植在途经洛水时恍然入梦，梦中遇到了死去的甄宓。醒来时，他泪洒玉枕。于是作了《感甄赋》。后来甄宓之子曹叡称帝，颇觉这名字不雅，便将其改名为《洛神赋》。原来，飘忽若仙的神女落入凡间，原型本是曹植的嫂嫂——魏文帝曹丕的皇后甄宓。

洛神，究竟是伏羲之女还是甄宓？

据正史记载，甄宓本是袁绍之子袁熙之妻。东汉献帝建安九年(204)，曹操攻下邺都。曹丕走入袁绍的屋舍，见到一个年轻妇人正伏在袁绍之妻的膝上。于是曹丕让她抬起头来。当袁绍妻捧起甄宓美丽绝伦的脸庞时，曹丕一见之下，怦然心动了。曹丕称赏不已，曹操听说了曹丕的心意，便为他迎娶了甄宓。明明是曹丕的巧取豪夺，或者说自古以来败军之将的女人就是随意分配的战利品。在史官的笔下，倒是敷衍成了一段父母之命的佳话。

文人们不断地为甄宓的故事添加着注脚。明人杨慎在《升庵集》中称，就连曹操也对"慧而有色"的甄宓怦然心动，为她攻破邺城，不料被曹丕捷足先登。杨慎不禁感叹道："甄氏何物？一女子致曹氏父子三人交争之如此。"

想来，甄宓一定是绝美的。她微微地抬起忧伤的面庞，便从此吸引了曹丕的目光。

想来，甄宓一定是绝等灵慧的。就连她的发式，都那么富有创意。甄宓发明了灵蛇髻。髻式变化无常，随时随形而梳绕之。正因为她那日日变化不定而又美妙无比的发式，以至于后人传说甄宓每日梳妆时，都有一条绿蛇盘结成髻形呈现在面前，以便甄宓仿效。

根据正史，她又是绝等有德行的。甄氏出身仕宦，博古通今，才识过人，九岁能诗。八岁时，外面有立骑马戏的，哥哥姐姐们都上阁楼观看，只有她不去。姐姐们问她为何不去，她说这哪是女人应该看的呢。九岁时，她便喜欢看书了，见字就识，经常用哥哥们的笔砚舞文弄墨。十几岁的时候，天下饥荒，老百姓都拿珠宝来甄家换粮食，甄宓建议把粮食直接赈济给乡亲们。至于她嫁为人妇后谨守妇德诸般事迹，在其史传中更是不胜枚举。

而据《玉台新咏》，甄宓存有乐府《塘上行》一首，证明着她的才华。诗中道：

蒲生我池中，其叶何离离。
傍能行仁义，莫若妾自知。
众口铄黄金，使君生别离。
念君去我时，独愁常苦悲。
想见君颜色，感结伤心脾。
念君常苦悲，夜夜不能寐。
莫以豪贤故，弃捐素所爱。
莫以鱼肉贱，弃捐葱与薤。
……
出亦复何苦，入亦复何愁。
边地多悲风，树木何脩脩。
从君致独乐，延年寿千秋。

这首诗没有铺写尊贵的身份，更没有描述宫廷的生活，只有失宠被弃的女人痛苦："念君弃我时，独愁常苦悲"、"念君常苦悲，夜夜不能寐"，写得凄恻伤怀，却终不能打动冷酷的君心。即使怀着怨念，却绝非针对君王，而是怨艾那使君隔离的众口铄金的人言。她是如此深情地表达着对君王的思念，述说着不要因为新人而弃旧人的恳请："莫以豪贤故，弃捐素所爱。莫以鱼肉贱，弃捐葱与薤。"

公元220年，曹丕称帝。次年，甄宓遭郭氏诋毁，被逼自尽。临终时，甄宓作《塘上行》。原来，这首诗是一首哀婉的绝命诗。美貌灵慧也好，贤德有才也罢，甄宓身为曹家妇人，其命运却是见证宫廷女人的不幸。曹丕不为诗情所动，反而余怒未息，他听从郭氏的建议，不准按夫人的礼节下葬甄氏，令其披发覆面，米糠塞口。甄氏死后，曹丕改立郭氏为后。曹叡即位，对母亲甄氏之死耿耿于怀，故郭氏死后遭遇亦如其母。因果循环，报应不爽，这在曹家的女人中是如此的现世。曹叡为王时，纳虞氏为妃，即位后，因宠爱毛氏，废黜虞氏。卞太后安慰虞氏说："曹氏自好立贱，未有能以令终。"真是一语中的，不久，郭夫人有宠，毛后爱弛，曹叡亦赐死毛后。后人以为："魏之两世，家法如此。"所谓男人的家法，却是曹家妇人的不幸书写而就。

历史与野史，究竟孰是孰非？历史或许虚美，野史或多艳情。正史上信誓旦旦地说，甄宓谦辞不为皇后，不久病逝，匆匆掩去了赐死的残酷。至于甄宓的死后是非，更是正史所不及，而在野史稗钞中流传不绝。或许，绯闻从来不是空穴来风。才子佳人，大家总是希望他们得偿夙愿。

传说甄宓死后，心生悔意的曹丕令太子留宴陈思王，并将甄宓的玉镂金带枕转赠给他。曹植睹物思人，不觉泣下。还家途中路过洛水，曹植正要将息，不免思及甄宓。恍惚之间，忽见一女前来对他说："我原本就倾慕于你的才华，可惜没有能够得遂心愿。这玉镂金带枕本是我的陪嫁，从前送给了曹丕，如今终于回到故人手中。"原来这位神女便是甄宓，于是遂用荐枕席。所谓"欢情交集，岂常辞能具"。这之后，她匆匆地离去了。她说，因为死时被郭后以糠塞口，至今披发，实在羞于以此形貌重见君王。说罢，"遂不复见所在"。她说得决绝，却仍然缠绵于情，于是派人给陈思王送来明珠，曹植答之以玉佩。一段生前不能遂愿、死后方得人神交会的虚无爱情，令陈思王曹植"悲喜不能自胜，遂作感甄赋"。后来甄宓之子明帝即位，认为这篇充满情思与幻灭，却又无法释清暧昧的《感甄赋》有损母亲的名誉，于是将其改名为《洛神赋》。从此，陈思王曹植那份荡气回肠、爱而不能的伤悲便属于了洛水女神。

传说仍在继续，唐代的传奇，唐代的诗，宋代的笔记，都把这段三角恋愈说愈明。

唐人裴铏有传奇《洛浦神女感甄赋》，其中写道：

萧旷弹琴洛水之上，有女子曰洛浦神女也。旷曰："或闻洛神即甄宓。后谢世，陈思王遇其魄洛滨，为《感甄赋》，改为《洛神赋》，托于宓妃，有之乎？"女曰："有之。妾即甄宓也。性好鼓琴，每弹悲风别鹤操，未尝不玉箸滴干，金缸耗尽，庭月色苦，壁蛩吟悲。"旷曰："思王今在何处？"女曰："见为遮须国王。"

途经洛水的书生萧旷遇到了洛浦神女，于是他好奇地追问她和陈思王的洛水情缘，以及《洛神赋》是否本为《感甄赋》，她是否就是甄妃？神女给出了明确的答复。元微之的《代曲江老人百韵》亦分明有“思王赋感甄”之说，都是毫不隐讳地将陈思王曹植与甄宓相提并论。唐人李善在《文选》注中说，汉末年间曹植曾经求娶甄宓，可惜未果，这令他昼思夜想，废寝忘食，一生惆怅，难以忘情。足见后人早已为曹植和甄宓的故事增加了有缘无分的前史。

甄氏以洛神之名在文学史上流传着芳名，她所处的是令人至今神往的建安时代：慷慨悲歌的建安风骨，豪气干云的横槊赋诗，一门三杰的曹氏父子。多少闪耀的光环，然而于女人的命运来说，又是如此脆弱不堪。历史的结局无从改变，而历史的细节却可以无穷填充。自古以来，英雄合配美人，而美人英雄的爱情在三国时代，却无不是以悲剧收场。

绝代佳人的大小乔，所嫁得人，大乔嫁给东吴主孙策，小乔嫁给年少周郎。郎才女貌的配合，即使宋代诗人苏东坡亦不禁艳羡一句“遥想公瑾当年，小乔初嫁了，雄姿英发”。然而好景不长，孙策和周瑜都英年早逝，剩得二乔余年寂寞，寒窗空守寡。历史没有记载她们的下落，唯有杜牧《赤壁》诗中一句“铜雀春深锁二乔”的臆想，却歪曲地造就了曹操对二乔的窥视之意。

东吴的孙夫人，或许没有国色天香，却想必天纵英才，她好习武，才捷刚猛。因为同父异母的哥哥孙权忌惮刘备，便将她和亲式的许给了刘备作继弦。政治婚姻本来就是不幸的，何况刘备对这个不爱红妆爱武装的夫人心怀戒备。诸葛亮曾经说:“主公在公安时,北畏曹公之强盛,东惮孙权之进逼,近则惧孙夫人生变于肘腋之下”。枕边人,却随时可能成为敌人,这固然是刘备的谨慎防范。但对于一个女人来说,这决定了她不可能得到什么真正的爱情。终于有一天,刘备西进蜀川,她驾着一叶小舟独自回到了江东,自此历史湮没了她的痕迹。只有毛本《三国演义》画蛇添足地补上了一笔,孙夫人在东吴讹闻刘备兵败身死,“遂驱兵至江边,望西遥哭,投江而死”,判定她为早就不属于她的爱情殉葬了。

至于传说中的四大美人之一貂蝉,历史没有记录这个名字,只有《后汉书·吕布传》记载:“卓又使布守中阁,而私与侍婢情通,益不自安”。这个与吕布私通的无名侍婢,大约就是貂蝉的原型吧。貂蝉受命而去,离间了董卓和吕布。董卓被杀,吕布兵败,貂蝉随其到徐州。吕布败亡,貂蝉随家眷到了许昌,之后再无消息。这是《三国演义》的写法,完成了使命的貂蝉自是悄然退出故事。然而早在元代以降,貂蝉又成了关羽故事中的人物。有的说曹操将她许给了关羽,想再次离间刘关张兄弟,于是有了《关云长月下斩貂蝉》的篇章。当然,也有说貂蝉善终的,称她在关羽的点拨下,终于出家为尼独善其身。

三国时代是男人的世界,无论女人如何美丽,从甄宓到小乔,女人只不过是惨烈的战争、残酷的权力斗争中,一种柔美的点缀。就如同电影《赤壁》,小乔可以烹茶,尽管那时茶艺还未产生,人们接受茶烟缭绕中的古典美,可以听任书法表现她的贞静,可以理解缠绵表现出年少夫妻的知己恩爱,却无从接受一个弱女子孤身赴曹营、只身拖延曹操战机的桥段。女人

（元）卫九鼎　洛神图

甄宓发式日日变化不定而又美妙无比，传说每日梳妆时，都有一条绿蛇盘结成髻形呈现在她面前，以便她仿效。

没有这份功业，即使巧施离间计的王允，也不会认为义女貂婵建立了什么功勋，就像《三国演义》中对她在吕布死后的命运只字不提。

三国的女人，是男人手中的棋子。甄宓生时也许不是，但她却是三国角鹿群雄的桥梁，从袁绍到曹操。至于她的玉枕，却终于成了曹丕手中的一枚棋子，终于在她死后扔给了陈思王。于是一颗棋子，摆布了后世关于陈思王的所有传说。

势如连璧友，情若臭兰人。

这是正月三十日的长安，杨柳或许暗里已经萌动着春天的信息，风中却还带着春寒料峭的意味。每个月的最后一天叫晦日，正月晦日和上巳、重阳合为唐代法定的三大节日。这天，公私休假，满城游宴。唐中宗李显与民同乐，他带着文武百官兴致勃勃地来到了长安东南的昆明池。昆明池本是汉武帝开掘来训练水军的，在唐代早已是著名的风景胜地。酒至半酣，中宗欣然吟诗一首，接着便命百官一同写下奉和之诗。对于以诗为乐的唐人来说，这本是很普通的一个场景：欢乐的宴会，风雅的吟咏，对帝王的赞美。可是这一天发生的故事却被野史稗钞饶有意味地记录下来，不是皇帝的诗写得绝好，也不是群臣的诗做得极妙，而是一位女判官，她高高地坐在楼阁之上,满朝文武仰望着她的高楼,翘首以待一双纤纤玉手的动静。她尽情表达着不屑,雪片般扔下群臣的诗稿;她任意地挥洒评点,将齐名的二位诗人分出伯仲。对她的评点男人们无不钦服,这才是那天晦日之游绝佳的风景。

据说当时一百多人做了和诗,中宗命昭容上官婉儿对这些诗作当场进行评选,最好的那篇将被谱成乐曲传唱。酒或者饮完,或者还未饮完,反正百官们都无心再饮了。交上去的作业,将在天子面前被当场评阅,何况判官还是位女子。诗文也好,政坛也罢,自古以来不应该一直是男人的世界么?群臣们忐忑不安,又怀着窃窃的期待,对她究竟何德何能可以评判百官之作充满了好奇。于是,他们纷纷离开饮宴的帐殿,在旁边搭起的一座彩楼下,等着昭容的评定。初审非常之快,眼看着一张张落选的诗稿被扔下来如燕纷飞,臣僚们又羞又愧地急忙取回自己的诗稿。最后,只剩下两个人还在等着,那便是沈佺期和宋之问。这两位都是闻名一时的大诗人,后人将他们合称"沈宋"。一时间,楼上楼下鸦雀无声。那些捡回了诗稿的百官们,或许心里还暗藏着幸灾乐祸的心意,看吧,齐名的诗人,你究竟要怎样分出高下呢?

游乐的宴会忽然变成了考较的试院,先考了百官,现在是考判官。

良久,终于飞下一纸,是沈佺期的诗。

大家不说话,还在等。终于,高楼上的上官婉儿从容道:"二诗工力悉敌,沈诗落句词气已竭,宋犹健笔"。意思是说,二诗都好,宋诗胜在结句。

于是,众人看沈宋二人的诗。

果然，宋之问末句说："不愁明月尽，自有夜珠来。"言尽意不尽。既扣紧着和昆明池有关的典故，又曲终奏雅，歌功颂德。沈佺期末句则写道："微臣雕朽质，羞睹豫章材。"言浮于意，十句以下，诗便无法在题意上发挥，而陷入空洞无味的场面话了。

众人服了。就连苛刻的历代诗家们也都极赞婉儿的评价。明人王世贞说沈诗结句是"累句中累句"，宋诗末句是"佳句中佳句"，便是直取婉儿之意。

这是上官婉儿的传说，正是她使得大唐某年的正月晦日变得富有生机和情趣。

一个女人敢于评价百官之诗，以俯视之姿淘汰诸作，以短短一句评语区分诗人伯仲，不仅无人敢予以轻视，更是人人心服口服。她不是以色艳压，而是以绝等的才华服膺了众人。在唐代做女人何其幸运，宫廷的女人更有非凡的才华、权力和欲望。上官婉儿便是其中的传奇。

武则天是她的仇人，她却是武则天最信任的女官。

她是中宗的婕妤，却和皇后韦氏共享一个叫武三思的男人。

她才华横溢，可以同时为帝、后、公主代笔游宴的诗篇；她昂然地点评百官诗作，而众人无不钦服。

她见证着一个让女人野心勃勃的年代——武则天、韦后、太平公主、安乐公主，唐代的女人们，是这样强悍而精彩。而婉儿甫一出生，便是生活在中国唯一一位女皇统治天下的时代。

公元690年九月九日，武则天登基称帝，号为“圣神皇帝”，国号大周。尽管生前身后非议不绝，盖棺定论的时候，她依然是中国历史上出色的政治家。掌权期间，她提拔了大量庶族知识分子，如狄仁杰、姚崇、张柬之等，可谓任人唯贤。她还大力发展了科举事业，更是亲自主持考试，开创了殿试制度。她始终致力于提高女性在政治社会生活中的地位，在做皇后的近三十年间，先后四次行亲蚕礼，祭典规模盛大，百官陪位。666年正月，武后史无前例地作为亚献参加封禅泰山的祭祀活动，她还不遗余力地组织编写《列女传》、《孝女传》、《古今内范》、《内训》等与女性相关的著作。681年，为了废立太子，武后主持召开了一次会议，妇女亦参加了议政。武则天的各种政治行为，极大地提高了唐代女性的地位，这种女性的自觉意识一直延续到韦后、太平公主、上官婉儿、安乐公主，直至成为野心。

则天称帝，走到了人生最辉煌的顶点。上官婉儿的家庭却因此遭到没顶之灾。上官仪因为坚决反对武则天登基，其子上官庭芝亦被牵连致死，襁褓中的孙女婉儿随母亲郑氏发配宫中劳役。家庭沦落了，却给了婉儿登上唐代最高权力中心的机遇。她的母亲郑氏怀孕时，曾梦见一位神仙送给她一柄大秤，说是以此来称量天下，不久生下婉儿。满月时，母亲玩笑着问婉儿，就是你要去权衡天下么？婉儿咿咿呀呀地答应说，是啊。这则传说究竟渲染着生来的神异，还是后人的附会，不得而知。

婉儿聪敏好学，才华绝代，文思泉涌。十四岁时，即得到武则天的赏识。张说赞她“开卷海纳，宛若前闻。摇笔云飞，咸同宿构”。圣历以后百官的奏表，婉儿都参与了决议。武则天对她宠信有加，即使忤旨当斩，也只是黥其面颊而已，却由此造就了唐代最流行的妆容——花钿。那是双眉间的妆饰，起源于南朝宋武帝女儿寿阳公主的落梅妆。寿阳公主在人日卧于会章殿檐下，梅花落于颊上，印成五色花，拂之不去，三天后才洗掉。上官婉儿亦在眉间贴以花钿，却是用来掩饰脸上被黥点的伤痕。别样的美丽，引来了宫中女人的竞相效仿，遂为风气之先。

705年，武则天病重，张柬之等人发动宫廷政变，恢复唐朝国号，迎立中宗李显复位。同年十一月，八十二岁的武则天在洛阳上阳宫辞世，死前遗嘱："去帝号，称则天大圣皇后"，次年五月与高宗合葬乾陵。唐中宗和韦后入主朝廷。作为武则天的心腹，上官婉儿不仅没有失势，反而即刻被中宗封为昭容，位居九嫔中的第二位，掌管制命，可谓专美两朝。

韦后在武则天之后，对国家大权有着毫不掩饰的欲望。中宗第一次称帝一个多月，就被贬庐陵王，幽居房州十多年。对于懦弱的中宗来说，禀性刚毅坚定的韦氏成为他精神上的依靠。每每有朝廷来使，中宗都惶恐得想自杀，幸得韦氏宽慰。中宗对韦氏十分感激，多次向韦氏表白，倘若有一天能够重见天日，一定好好报答韦氏，任其所为，不加干涉。终于，他们重新回朝，中宗无心政事，且对韦氏信任有加，言听计从。复位不久，就追赠韦氏的父母为王为妃，韦氏一门把持了军政大权。

对于中宗和韦后的关系，婉儿是看得如此透彻，于是在政治力量的制衡中，她很快把重心放在了韦后一边。武则天在世时，婉儿曾与值宿宫中的武三思私通。成为中宗昭容后，婉儿把武三思介绍给了韦后，韦后亦与武三思私通。武三思随意出入宫禁，他在床榻上与韦氏玩双陆，中宗不但不管，还在一旁观看，帮他们数筹码。韦氏幼女安乐公主嫁给了武三思的儿子武崇训，武、韦、上官三股势力合流成一股巨大的力量。

手握权柄的上官婉儿开始构建她的理想王国，实现她的文化梦想。她在宫廷内兴建图书馆，在宫外建筑修文馆，选拔长于文学的李峤等二十多人馆于其间。她广泛地搜罗各地俊才，以致“野无遗才”，文人墨客多聚集门下。在她的倡导下，群臣们都以诗文、学问为衡量的标准，所谓“右职以精学为先，大臣以无文为耻”。传说，那时她曾经与诗人崔湜相恋。每逢游宴唱和，婉儿所作诗篇均为人们传诵。一时文学风气之盛，很大程度上得力于婉儿的弘扬。

女人们在唐代的政坛上大放异彩，无疑纵容了安乐公主无休止的政治野心。安乐公主没有太平公主之才，却渴望得到超越前辈的权势。她恃宠生娇，卖官鬻狱，权倾朝野。她还自写制敕，掩上文字，让父皇加印玉玺。她曾向中宗讨要昆明池，中宗认为那是老百姓生活的资源，没有应允。她愤而夺取民田，挖掘定昆池。安乐公主倚仗母亲韦后的势力，依靠上官婉儿的文笔，一心想当皇太女，终于招致了太子的不满。太子愤而起兵杀死武三思，准备继续诛杀与武三思一党的韦后与婉儿。兵乱时，韦后和中宗都失了主张，唯有婉儿镇定自若，主张先暂避兵锋，随即命令羽林军自卫。

太子之乱被平定后，韦后、安乐公主更加为所欲为。每当中宗临朝，韦后必然垂帘听政于殿上。韦后效仿武后参加祭祀，认可女性参与政事的正当权利，在对女性地位的提升上做得更为直接。708 年，韦后提出妃嫔、公主、五品以上的官员母妻、不是因为儿夫受封的命妇、宫官等，死后葬礼皆能享受军乐鼓吹。这不但提高了女性的礼仪地位，待遇甚至超过了同级的男性官员。

710年五月，许州司马参军燕钦融上奏说：皇后淫乱，干预国政，宗族强盛；安乐公主、武延秀、宗楚客图危社稷。中宗召燕钦融当面详说，不料燕钦融下殿时，即被韦后指使兵部尚书宗楚客矫诏捕杀。中宗虽不追究，却有不快之意。宗楚客惊惧之余，与韦后、安乐公主密谋。于是韦氏母女毒死中宗，密不发丧，直到部署好军队，才在三日后为中宗发丧，立十六岁的李重茂为帝，自封皇太后，摄政临朝。

也许是女人们太过嚣张，也许是她们应了一句古话“天下最毒妇人心”，终于激怒了李姓的男人们。睿宗李旦第三子李隆基发动政变，一举杀死了韦后和安乐公主。这时，上官婉儿依旧临危不乱，她立刻执烛率宫人出迎，从容送呈李旦的登基草诏。婉儿希望她的才华能够再庇佑她逃过一劫，可惜乱军刀下，她终于未能幸免。

不久，李旦登基，李隆基被立为太子。两年后，李旦禅位，唐玄宗李隆基称帝。一度在女性手中掌控的政权，再次完全回归到李唐王朝的手中。这时，对于上官婉儿之死，李隆基也渐渐生出了悔意。他开始命人收集上官婉儿的诗文，编成上官昭容集，并让名重一时的“燕许大手笔”之一燕国公张说作序。

唐代宫闱诗人中，最具传奇色彩的当属上官婉儿。她不仅才华横溢，好贤纳士，引领一时风气之先，更能辅佐人主，有着称量天下的才干与魄力。张说在《上官昭容集序》中评说：“昭容两朝专美，一日万机，顾问不遗，应接如响。"赞美她不仅擅长文章之道，对于朝廷更有辅佐之功。婉儿身处政权更迭之际，更兼则天、韦后女主当政，她失陷于权力漩涡，政治才华得到了最大的体现，却也因此不得善终。

政治风云随着历史沉寂了，幸而属于婉儿的还有正月晦日的故事。她本人的诗，流传下来的倒不多。多半是应制诗，还有一些是她为帝后公主等人的代笔，至于她自己的心意，在充满政治与野心的宫廷，流露的微乎其微。一次皇帝曾宴群臣赏双头牡丹，诸人奉诗。婉儿思路敏捷，其诗有云："势如连璧友，情若臭兰人。"诗写花，亦如其人，婉儿的政治英奇一展无遗。这句残句也算是她一生的写照吧。上官婉儿有文集二十卷，已亡佚，《全唐诗》中存诗三十二首，唯有一首《彩书怨》，以秀丽的诗风难得的表达出一个女人的宛转心曲：

叶下洞庭初，思君万余里。
露浓香被冷，月落锦屏虚。
欲奏江南曲，贪封蓟北书。
书中无别意，惟怅久离居。

秋天，叶下洞庭，是君远去的方向。思念你的路途，是这样遥不可及。秋露浓，独自怎奈衾寒？既想为你奏相思的曲，更愿意写下相思的意。信中还能写什么呢，只有离别、相思和孤寂。诗中唱着一个女人的柔情和思念。是啊，再精彩强悍的唐代女人，也有着她天生的爱情与柔美。只是，这样的脆弱和美丽却被政治角逐的浮云掩去了光彩。

婉儿算不上唐代的著名诗人，也许应列入政治家。但千年以下，更觉得她是活在唐代的风雅中，她曾开设学馆，和诸多青年才俊流连别业，是风流还是放纵，不得而知。曾经和她论诗饮宴的张说，在她的诗集序中是这样惆怅若失她的离去："昔尝共游东壁，同宴北渚，倏来忽往，物在人亡"，不禁"悯雕琯之残言，悲素扇之空曲"。

世迁时移，一切正如张说所说，上官昭容曾经的杀伐决断，奢侈享乐，已经被人们遗忘，留下的只有她的风雅，所谓"独使温柔之教，渐于生人；风雅之声，流于来叶"。

（宋）李公麟　丽人行

她见证着一个让女人野心勃勃的年代——武则天、韦后、太平公主、安乐公主，唐代的女人们，是这样强悍而精彩。

威风万里压南邦，东去能翻鸭绿江。

清宁二年(1056)八月，辽道宗耶律洪基带着后妃们一起行猎秋山。年轻的皇后这年十七岁，正是花儿一般的美丽。她叫萧观音，天资聪颖，幼时即能读经史，诵诗文，琴棋书画样样皆通，弹得一手好琵琶，被推为当世第一。长大后，更是出落得端庄秀美，人们视之为“观音”，并以此作为她的小字。因为德容兼备，才貌双全，十四岁时，观音即被选入宫中，成为太子妃。次年，道宗登基，观音被册立为辽国年轻的皇后，凭着绝世的姿容和才情，成为道宗集万千宠爱的佳人。

美人，骏马，何其令人称羡的风采！他们来到伏虎林，道宗兴之所至，命其赋诗。观音随即吟道：

威风万里压南邦，

东去能翻鸭绿江。

灵怪大千俱破胆，

那教猛虎不投降。

十六岁的契丹小女子萧观音，不仅出口成章，而且诗篇写得气象开阔，虽然字句并不锦绣精致，却有着北方民族音韵的浑然天成。诗中展现了道宗的威风与神气，而观音的马上豪爽、英姿飒飒，也在铿锵的诗风中显得格外生动。道宗大喜，称观音为“女中才子”。次日，老虎突林而出，道宗奋而射虎一只，自诩说：“朕射得此虎，才谓不愧后诗”。一时群臣高呼万岁，而一语中的的萧观音自然更得皇帝爱重。

那时，道宗皇帝也喜欢作诗、写书法，与观音志同道合，对她宠幸有加。出猎射虎的第三年，萧观音生下皇太子。本是一件普天同庆的大喜事，却因为观音不谙世事的坦白与直率种下了不幸的祸根。那时，皇太叔重元妃专程前来道贺，因为重元妃极尽趋奉，流目送媚的模样让观音不以为然，于是她正色告诫重元妃：贵妇人要端庄，不应如此。重元妃回到家很生气，就对丈夫说：你如果是有志气的男人，就一定要除去这个耻辱，鞭笞这个不知天高地厚的丫头。果然，不久重元父子谋反了。很快叛乱平定，然而萧观音的命运却在这里伏下了暗笔。凭借平定叛乱之功，耶律乙辛权倾一时，只有皇后娘家能与之抗衡，乙辛因此对萧皇后及太子都十分忌惮。另外，随着重元的被平定，重元的家婢单登因此没入宫廷。这是个小人物，却是成就阴谋的关键。

宫闱里的这位女中才子萧观音，不仅以诗乐侍君，亦对政事很有见地，常常对皇帝提出中肯的建议。那时，道宗还深爱着观音，对她的话言听计从。可惜，两人相与唱和、琴瑟和谐的美满生活并没有持续太久。随着时间的流逝，观音年华逝去，而她的才华和品德，对道宗来说，也渐渐变得木然了。道宗喜欢孤身一人飞骑出猎，连护从都找不到他。观音因而作了一篇《谏猎疏》，劝道宗不要单骑出猎。文中充满了对道宗的关心，对社稷的忧患，行文庄重，文字洗炼。观音的爱情和才情都在这一纸劝谏中，一览无余。然而，这一切再难取悦道宗远去的心，甚至成为逆耳的忠言。

更为可悲的是，观音被卷入了政治漩涡。因为诗乐，观音获宠道宗，也因为诗乐，观音付出了生命的代价。十几年后，曾经写过意气风发、气魄宏大的诗篇，曾经写过才识博学的《谏猎疏》的年轻皇后，在冷落的深宫中，她的青春朝气已经磨灭殆尽，被皇帝宠爱时的自信与从容也再难寻觅。才华横溢的萧观音，在中年充满无助的等待中，用她曾经风云利落的彩笔开始撰写自怨自艾的宫怨诗。

萧观音自创自弹自唱《回心院词》十首，希望能够使道宗回心转意。诗中，她写自己宫中的一片萧条索漠，“游丝络网尘作堆，积岁青苔厚阶面”；写自己如何无眠长夜，殷勤盼君，“为是秋来辗转多，更有双双泪痕渗”；写自己的孤闷无聊，“一从弹作房中曲，常和窗前风雨声”；写她对深宫命运的自怜，“笑妾新铺玉一床，从来妇欢不终席”；写她对从前恩爱的追忆，“若道妾身多秽贱，自沾御香香彻肤”……种种痴心写尽，种种痴举做尽：扫深殿，待君宴；拂象床，待君王；换香枕，待君寝；铺翠被，待君睡；装绣帐，待君贶；叠锦茵，待君临；展瑶席，待君息；剔银灯，待君行；热薰炉，待君娱；张鸣筝，待君听……这应是从前欢爱时的记忆吧，可惜一切不再。

写罢《回心院》，萧观音任用宫廷乐师赵惟一来弹唱。赵惟一得到皇后的器重，而亦擅于弹筝和琵琶的单登很不服气，认为皇后不能赏识她的才华。于是皇后把她叫来，她和皇后比试对弹，结果单登首首不如皇后，单登不得不抱愧服气。偶尔，道宗会招见单登弹筝，皇后便进谏说，这是叛家的婢女，怎么能轻易来到御前呢？于是就把她调派到别院。单登自然怀恨在心。她时时在妹妹清子面前诬蔑皇后和赵惟一有私情。清子此时正和耶律乙辛相好，闲言碎语之际，话柄便落到了耶律乙辛耳中。耶律乙辛正中下怀，诬陷萧皇后的计划渐渐地酝酿出来。

耶律乙辛找人作了一组《十香词》，词意极其淫荡香艳，十首小诗分写青丝之香、酥胸之香、粉腮之香、口内含香、罗袜香尘、罗带轻分的衣香和体香等等。单登把这组诗带到萧后的面前，诡称这是大宋皇后所做，并声称如果能够得到皇后娘娘的亲笔御书，将称为双绝。没有设防的萧皇后真的以为这是大宋的宫词了，于是欣然提笔书写，并在《十香词》后题写了一首自己的《怀古诗》。观音在诗中批判汉代赵飞燕姐妹不择手段的专宠，更是抒写自己失宠后的凄凉：

宫中只数赵家妆，
败雨残云误汉王。

惟有知情一片月，

曾窥飞燕入昭阳。

巧的是，这首诗中恰恰嵌入了和观音琵琶相和的乐师“赵惟一”三字。本来就打算以《十香词》是皇后写给赵惟一的情书来进行诬陷的耶律乙辛，得到手书后狂喜不已，毕竟这额外的《怀古诗》中嵌入的“赵惟一”三字就俨然铁证一般。耶律乙辛和单登将萧观音手书的《十香词》和《怀古诗》，告发到道宗那里，道宗果然勃然大怒，族灭赵惟一，赐萧后自尽，尸体归还其家。

三尺白绫，就这样结束了一个美丽的生命，那年，观音三十六岁。临死前，她竭尽她的才华，咏叹了最后一曲绝命的悲歌。她在《绝命词》中写道：“……将剖心兮自陈，冀回照兮白日。宁庶女兮多惭，遏飞霜兮下击。顾子女兮哀顿，对左右兮摧伤。其西耀兮将坠，忽吾去兮椒房。呼天地兮惨悴，恨今古兮安极。知吾生兮必死，又焉爱兮旦夕。”

骚体的歌词最能抒发满心的怨懑，北方的观音，用了南方的歌辞，是为了表示与屈原的异代同悲吧。空有一腔忠君爱国之心，却被无辜离间，屈子的自沉，观音的自缢，都是用死亡表达了他们至死不变的心意。从豪放清朗的行猎诗作，到格律严谨的宫廷应制诗，再到缠绵凄怨的《回心院词》，萧观音耗尽了青春的热情，失去了君王的宠爱，看尽了宫中的世态炎凉，体味到了政治的残酷，最终谱写下满腔悲怨的《绝命词》。

民间流传着种种关于萧观音的美丽传说。传说中，观音出生时，她的母亲梦见天狗食月，智者说，这象征着女子大贵而不得善终。又说，观音立后的那天,忽然天降白练,上书“三十六”三字。预示着观音三十六岁时以白绫自尽寿终。对于不能挽回,而又令人叹惋的命运,善良的人们便将之归为天命。

萧观音作为为数不多的辽代文学家之一,文采斐然,却被她的文字拖累,屈死在莫须有的爱情罪名下。她自弹自唱的《回心院词》,是留存下来的唯一辽词,被人们赋予了极高的文学地位,却也是她不尽遗憾的倾述。年轻气盛的萧观音曾经以男子的豪迈与英气写下《伏虎诗》,只是她自己的命运早已和此诗渐行渐远,其中的“威风万里压南邦,东去能翻鸭绿江”二句倒更似她的前辈萧太后一生的写照和气概。如果说,皇后萧观音(1040—1075)是以出众的美丽与才华和冤死的命运,在文学史上留名,那么太后萧燕燕(953—1009),却是以她位高权重及在宋辽战争中的莫大胜利,青史垂名。

翻开《辽史》,满目的萧皇后、萧太后,这原是契丹族世代通婚的习俗,萧氏的女子都嫁给开国的耶律氏皇族,而耶律氏家的女子也都嫁给萧氏为妻。辽代,萧氏共有13名皇后,或许有别姓的后妃,却只有萧姓的太后。萧姓是汉化的产物。辽代开国皇帝耶律阿保机思慕汉高祖刘邦的功业,于是将耶律氏兼称刘姓。而他的肱股大臣唯乙室、拔里氏因功勋卓越,被比为汉代丞相萧何,于是一律改称萧姓。他们便是与耶律氏世代通婚的家族。

萧太后名绰,俗名燕燕。她的母亲是辽太宗耶律德光的长女,燕国长公主。父亲萧思温在辽国官居显要。萧家没有儿子,三个女儿却都有着不输男儿的才干和气概，而燕燕做事更是执着认真。少女时代，父亲曾经让几个女儿一起扫地，姐姐们都随随便便打扫一下就完事了，只有燕燕一丝不苟地完成了工作。

969年，穆宗在行猎途中突然被近侍杀死，萧思温把消息即时告知了世宗之子耶律贤，在他的拥立之下，辽景宗耶律贤得以在穆宗灵前即位。景宗纳萧燕燕为后。次年，燕燕的父亲萧思温也被人暗杀在行猎途中，与穆宗的遭遇如出一辙。从此使燕燕格外地理解了政治斗争的残酷。

景宗因疾病缠身，军政大事多委皇后处理。《辽史·后妃列传》称“境内刑赏、政事、用兵追讨，皆皇后决之”。萧燕燕英明果断，聪慧通达，知人任事，极有见识。景宗放手萧燕燕处理政务，为了让其名正言顺，特别在976年初告谕史馆学士，此后记录皇后的言行，称谓也要如对他一般用“朕”。这意味着景宗对于燕燕作为和他并列的国主身份的认同。

982年，三十五岁的景宗病逝。萧燕燕辅佐十二岁的幼子隆绪登基，是为辽圣宗，燕燕被尊为皇太后。萧太后依靠耶律斜轸、韩德让等大臣的辅佐，巧妙地从诸王手中夺回兵权，稳定了局势。萧太后之于韩德让的微妙，就仿佛几百年后孝庄太后之于多尔衮。据宋人路振的笔记《乘轺录》说，萧太后未嫁时曾经许配给韩德让，如今在这样孤儿寡母的政治形势下，她再次对韩德让表示“愿谐旧好，则幼主当国，亦汝子也”，以定其心。据说，她毒杀韩德让的发妻，以占有韩德让全部的忠诚和爱情。韩德让没有子嗣，萧太后为了壮大其家，特意把韩德让的侄女菩萨歌许配给辽圣宗，并在菩萨歌生下圣宗长子后，将原来的皇后废去，改立菩萨歌为后，并赐韩德让以国姓耶律名隆运，以最大地提升韩德让的政治地位。萧太后殚思竭虑，任用贤臣，倾向汉化，主张革新。韩德让没有辜负她的期望。985年，韩德让统一辽国的度量衡。988年，他主持开科举、兴儒学。他们在政治上志同道合。

至于绯闻，萧太后泰然处之。宫廷侍卫喝醉了酒，大谈太后的私事，她只是循例将其杖责一番。她毫不掩饰对韩德让的爱惜，马球比赛上，韩德让被贵族胡里室误撞坠马，她随即杀之。她并不隐讳两人的和谐。1004年秋，萧太后与辽圣宗再次率兵二万南征，直逼汴京，在寇准的坚决主张下，宋真宗亲征。双方订立澶渊之盟，自此五十余年双方偃武修文。苏辙在《龙川别志》中记录下澶渊议和期间，宋朝使者“见虏母于军中，与蕃将韩德让偶坐驼车上。”那时，他们已经是同出同进，形如夫妇了。

据《辽史·耶律隆运传》，韩德让从伐高丽还军后，就得了重病。圣宗与太后都亲自前来探视，问询医药。1009年，太后还政圣宗，在巡游的途中病逝于北京。年五十七岁，谥号“承天皇后”。如今辽国出土的金银器上，还有铭文刻着对萧太后在天之灵的祝福，和她的名字连在一起的，则是臣民们对病重的韩德让的祈祷。一年以后，疾病缠身的韩德让也病逝了。如其临终所愿，圣宗将其葬在太后陵侧。

萧观音和萧燕燕，她们同为美丽的辽代皇后，命运却殊异。一个死于莫须有的爱情，一个敢爱敢恨，将不伦的君臣之恋进行到底。一个委屈地绝于三尺白绫，一个释然地将中兴政权还给皇帝。终于，观音笔下的“威风万里压南邦，东去能翻鸭绿江”，却成为燕燕一生事迹和气概的最好写照。

元人射雁图

她们同为美丽的辽代皇后，命运却迥然不同。一个死于莫须有的爱情，一个敢爱敢恨，将不伦的君臣之恋进行到底。

驿馆夜惊尘土梦，宫车晓辗吴山月。

1275年十月，元兵已经攻破常州，南宋都城临安岌岌可危。

六十六岁的太皇太后谢道清(1210—1283)凄然地望着装满辎重的车马，环视着居住了近五十年的临安皇城，心中充满了不舍与无奈。傍晚的时光尤其助人凄凉。这一去，究竟何时能再归来？南宋王朝刚刚南来之际，不也是把杭州定名为临安么？临安，意味着暂时的偷安。何曾想一待就是160年，君臣再也没能回到汴梁。从前，是金人逼迫，如今是元兵压境。南宋王朝究竟何去何从，谢太后心里真是一点底气也没有。

天都快黑了，丞相陈宜中怎么还没有来？不是说好今天启程么！迁都这么耻辱的事情自己都答应了，他们为何还迟迟不来？想到陈宜中，谢太后心里既怨艾又彷徨。她是理宗的皇后,1264 年理宗去世后被尊为太后。1274 年,度宗驾崩,群臣立其四岁幼子为宋恭宗,尊她为太皇太后,并坚持要求她垂帘听政。她再三推辞不去,终于“强之乃许”。从此,勉力守护着千疮百孔的江山,真是欲哭无泪。

所谓的皇家,只剩下老妇幼子,能够依赖的只有朝中大臣。可是陈宜中在张世杰焦山失守后,就逃跑了,一去数月。还是她写了封信给陈宜中的母亲,他才勉强回来做官。朝中无心做官、急于逃走的何止他一人,上行下效,常常升殿时,朝堂上一个大臣都没有,只有她和小皇帝二人面面相觑,无言以对。她只好在朝堂上题写榜文责成道:“我们国家三百年,对士大夫向来不薄。我与君家遭遇国难,诸臣不能出谋划策以救时艰,反而内则逃离,外则弃城,苟且偷生,这样的行为将来怎能有面目见先帝于地下呢?何况天命未改,国法尚存,凡坚守官位者,随即加官晋爵,叛国逃亡者,一率秉公处理”云云。可惜责以大义,诱以转官,又能如何?

谢太后看着落日西沉,如鲠在喉,她还能怎么样做得更好些呢?她不过是一个六十六岁的老妇啊。元人的铁骑势如破竹,哪里有兴趣谈什么条件,派去和元兵谈和的陆秀夫悻悻而归。陈宜中于是率群臣力主迁都,她本来不允。陈宜中痛哭流涕,再三劝说,她才算应了。谁知等这么良久,天都黑了,还不见人来。

谢太后越想越恼怒,她恨恨地脱下头上的珠玉愤愤地掷到地上,不走了!什么人来我都不见了!不要再跟我说什么迁都之议!她往回走,苍老的身躯显得更其无助,或许她还想到了开庆元年的事。那是 1259 年理宗还在的时候，也是元军大举进犯，眼见不保，理宗打算听从群臣建议迁都四明，正是她坚决反对迁都，认为迁都会造成民心、军心动摇，后果不堪设想。没想到不出二十年，她自己却做出了迁都的决定，真是心有不甘啊。

谢太后忿然退回了深宫，对臣子们的解释一概拒而不纳。之后，没有历史再记录下她愤怒的表情。据说是陈宜中安排失措，又或许是一场误会，反正迁都之事不了了之。只是这次南宋气数已尽，终于没能如理宗时代那么幸运。

1276年正月，元兵进一步逼近，一夜之间百官宵遁。是年二月，元军攻占临安，谢太后作为执政的最高代表，亲自在降表上签下了大名。上自皇帝宗室尽皆纳降。三月，伯颜把皇帝、全后等俘虏北去，谢太后因年迈有疾，暂留杭州，两个月后，她依然被解往北京。这两个月间，她还写了一张手诏，命李庭芝诸人不要坚守扬州。李庭芝愤而说：我奉诏守城，不能奉诏投降。扬州终于不守，李庭芝殉国身亡。也许，谢太后有很多苟活的理由，毕竟，她垂垂老矣的生命还能在元大都继续七年。

太后谢道清，本是历史上一个无所作为亦无恶行的太后，却因为签署了一份降表，被诗人们控诉地写下“侍臣已写归降表，臣妾签名谢道清”（汪元量《醉歌》）而成为历史的叹息与怨艾。昭仪王清惠，也许本是后宫佳丽中湮没无闻的女官，却因为题写了一首慷慨悲吟、长歌当哭的《满江红》，从而成为国破家亡之际，宋末女人们悲情的代表。

初春时节，幼帝、两宫皇太后和后宫嫔妃们全都被押解上京。国破山河在，城春草木深。感时花溅泪，恨别鸟惊心。这对于亡国的人来说，是何其悲凉的感怀。北上途中，昭仪王清惠走到汴京夷山驿馆时，终于在一梦醒来之后，满腔悲愤无处发泄，题诗壁上。一个深宫女子的血性，亦如她的泪水，分明洒落墙头。词中道：

太液芙蓉，浑不似、旧时颜色。曾记得、春风雨露，玉楼金阙。名播兰簪妃后里，晕潮莲脸君王侧。忽一声，鼙鼓揭天来，繁华歇。

龙虎散，风云灭。千古恨，凭谁说。对山河百二，泪盈襟血。驿馆夜惊尘土梦，宫车晓辗吴山月。问姮娥，于我肯从容，同圆缺。

词中从昔日的宫阙繁华直滑落到国家沦亡，千古遗恨无从诉说。宗室北上，耻辱难当，即使一个女子，对国家的命运亦不能不深深地感到血泪交迸。王昭仪的词在感情的力度上深深地打动了宋代遗民，在当时广为流传，就连狱中的文天祥也慨然和词两首。其上片写道："试问琵琶，龙沙外、怎生风色？最苦是、姚黄一朵，移根仙阙。王母欢阑琼宴罢，仙人泪满金盘侧。听行宫、夜半雨淋铃，声声歇。"文天祥之词，是步韵之作，韵脚用字皆与清惠相同，同为忆旧伤今，更怜其处境之悲苦。

五月二日，宋朝后宫一行人抵达上都，朝见了元世祖忽必烈。

十天后的夜晚，安定夫人陈氏、安康夫人朱氏和二小姬，沐浴整衣，焚香自缢而死。次日，人们将这件事奏闻元主，忽必烈命令将她们的头颅斩断，悬于全太后的寓所，以作为警示之意。朱夫人在衣服中留下一篇四言诗，写道：

既不辱国，幸免辱身。世食宋禄，羞差北臣。妾辈之死，守于一贞。忠臣孝子，期以自新。丙子五月吉日泣血书。

原来，死亡与忠诚是对新朝的最大蔑视。时人皆服其贞烈，后人评曰："此四人者，视前日之托隐忧于文辞者，相去固万万矣。"文人用文字来抒写故国之思、遗民悲号，而血性之人是用生命来表达不屈。血性的女子在宋末何止朱夫人等四人，民间更有才貌双全的女人们，为了她们的夫君，也为这个国家拼却一死。

这年，元军遍扫台州。临海民妇王氏因为姿色动人，被掠至军中。千夫长杀害了她的公婆和丈夫，打算将她纳为己有。王氏誓死不从，想着有朝一日终不免被玷污，于是假意对千夫长说：等我为公婆丈夫守孝一个月，才可以侍奉你。千夫长不知是王氏的权宜之计，便同意了她的请求。军队还师，经过嵊县的清风岭。山岭之上，王氏仰天低叹："吾今得死所矣。"她咬破手指，用血写诗于石上以明心迹，诗曰：

君王无道妾当灾，弃女抛儿逐马来。
夫面不知何日见，此身料得几时回。
两行清泪偷频滴，一片愁眉锁未开。
回首故山看渐远，存亡两字实哀哉。

亡国本是君主的责任，却成为百姓的担当。抛家弃子，夫君永诀，归家无望。泪不敢流，愁眉不解。渐行渐远故国，失去了所有珍爱的一切，才知道“存亡”二字何其沉痛！美丽的王氏用鲜血铭刻下啼血的心意，随即投崖而死，把青春与热血空付于山林。此后八九十年，石上血色如新，丝毫不曾被风雨侵蚀。也许，不曾为风雨所动的正是那番坚定的心意。后人不禁感叹，“噫，使宋之公卿将相贞守一节若此数妇者，则岂有卖降覆国之祸哉？”

可惜，历史的车轮没有假如一说。

亡国之痛，是普通生命的不能承受之重，对于个人来说，意味着一切的毁灭。无论是沿海的台州，还是两湖地带的岳州，都有宋末的女人含着眼泪无望的赴死。

徐君宝妻，一个连名字姓氏都没有的女人，逆着宫中后妃们北上的方向，被元人从岳州掳到了杭州韩蕲王府。府主数次要侵犯她，都被她巧计脱身。因其姿色无双，府主也不忍心杀她。一天，府主欲强行其事。徐君宝妻说：“俟妾祭谢先夫，然后为君妇不迟，君奚用怒哉！”府主很高兴地答应了。于是，徐君宝妻对镜梳妆，整束停当，看着菱花镜中如花的面庞，想着国破家亡的种种不幸，她焚香痛哭，挥笔在墙壁上题下悲慨的《满庭芳》，纵身投池，殉葬了她的丈夫和赵宋王朝。《满庭芳》词中写道：

汉上繁华，江南人物，尚遗宣政风流。绿窗朱户，十里烂银钩。一旦兵刀齐举，旌旗拥、百万貔貅。长驱入，歌楼舞榭，风卷落花愁。

清平三百载，典章人物，扫地都休。幸此身未北，犹客南州。破镜徐郎何在？空惆怅，相见无由。从今后，断魂千里，夜夜岳阳楼。

曾经何等繁华的江南旧地，一旦遭受兵戈，立时繁华落尽。三百年文明，毁于一旦。幸好此身没有北去踏上元人的土地，却也不幸远离了故土，客居杭州。夫妻仳离，再不能相聚。从今后，只能是夜夜魂梦岳阳楼。徐君宝妻噙着泪水，怀着悲怨，走上了最无奈的绝路。

了却了残生，却也变得简单，活着的人终是要承受更漫长的折磨。很多活着的人泯然于历史，而曾经在驿舍中题写下怨愤的《满江红》的昭仪王清惠，她在北上后的几年，因为和诗人汪元量的唱和而被流传下生活的点滴痕迹。

五月，在朱氏夫人等四人自尽后，忽必烈让宋宫中不曾生育的妃嫔自寻出路，但不许返回南方。就这样，王清惠、张琼英等妃嫔出家做了女道士。诗人汪元量的出现，给这些遁入空门的后宫女子们带来了精神上的慰藉。南宋末年，精通音乐的汪元量经常出入宫掖，侍奉谢太后及王昭仪。他随宋宗室来到大都后，出家做了道士。当他与王清惠、张琼英等人邂逅时，故人重逢，已然东风换世，不禁相对而泣。之后，他们时时一起弹琴、吟诗、唱和，在共同的情趣爱好中，尽情倾诉对故国的哀悼和思念。王清惠在诗中写道“客路三千里，乡心十二时”（《李陵台和水云韵》），又有《捣衣诗呈水云》道：

妾命薄如叶，流离万里行。

黄尘燕塞外，愁听捣衣声。

清惠将对故土的思念，流离失所的漂泊无依，表现得淋漓尽致。她和汪元量唱酬相和，汪元量有一首《秋日酬王昭仪》：

愁到浓时酒自斟，挑灯看剑泪痕深。
黄金台愧少知己，碧玉调高空好音。
万叶秋风孤馆梦，一灯夜雨故乡心。
庭前昨夜梧桐雨，劲气萧萧入短衿。

诗中还能有什么别的感情呢？除了怀念还是怀念。不曾失去人身自由的汪元量终于要回南方了。对于王清惠她们来说，这无疑是双重的悲哀。一来，好友的离去使她们更加感受到身在异乡的孤独；二来，她们终生不能回到故土，只能怅望一生，故国之痛萦绕不去。两种浓重的感伤使得离别的场面异常感人。时人记述说："濒行，与故宫人十八人洒酒城隅，鼓琴叙别，不数声哀音哽乱，泪下如雨。"

执手相看泪眼，无语凝咽。琴声已乱，唯有借诗笔一抒胸臆。张琼英赠别诗云："客有黄金共璧怀，如何不肯赎奴回。今朝且尽穹庐酒，后夜相思无此杯。"国破家亡，继而生离死别，后宫女子的命运无助而凄凉。他们用"劝君更尽一杯酒，西出阳关无故人"分韵赋诗，很贴合当时的心境。王清惠《送水云归吴并序》中道：

水云留金一纪，琴书相与无虚日。秋风天际，束书告行，此怀怆然。一时同人以“劝君更尽一杯酒，西出阳关无故人”分韵赋诗，为赠他时海上相逢，当各说神仙人语，又岂以世间声律为拘耶。

朔风猎猎割人面，万里归人泪如霰。

江南江北路茫茫，粟酒千钟为君劝。

即使苦中作乐的日子，也一去不返了。面对故人的离去，清惠满心怆然，诗序中不说汪元量先过黄河，只说梦先过了黄河。以梦作为还乡的期待，是深知一生回归的无望。对于这些流离故土的宫人来说，想要梦过黄河，都是一种奢侈的愿望。对于未来，她们把美好的期望寄托在了神仙境界，聊以解忧。唯有最后那四句诗，王昭仪再也无法自欺欺人地做出豁达的模样，北风吹面，泪落如雨，前途渺茫，归路难求，唯有醉饮。

汪元量离去了，回到江南，往来太湖烟雨之中，风踪云影，居无定所。如其名号：水云子。

汪元量离去了，再也没有诗篇唱和着南宋宫人的故国之思，游子心绪，王清惠等十八名遁入空门的后宫佳丽，就这样消失在人们的视线中。

1278年十二月，仍在南方坚持抗元的文天祥兵败被俘。

1279年，陆秀夫、张世杰曾先后奉宋度宗淑妃杨氏二子为帝的南宋小朝廷大势已去。逃奔海上的幼帝在崖山被张弘范围困，南宋朝廷苟延残喘的最后一搏终于失败。丞相陆秀夫逼迫妻儿跳海之后，身穿朝服，以“陛下当为国死，不可受辱”进言，腰间挂着玉玺，以白带背负着九岁的幼帝跳海而亡。幼帝的母亲杨太后闻知,痛哭道:"吾忍死万里间关至此者,正为赵氏一块肉耳,今无望矣!"随即蹈海。崖山一战,宋军全军覆没,浮尸十万。这时,距离太皇太后谢道清签下那张降表已经过去艰难的三年了。

这就是宋末的女人们,无论签降表的太皇太后谢道清,还是蹈海的杨太后、自尽的陈夫人朱夫人等,抑或出家的昭仪王清惠,还有殉情的民妇王氏、徐君宝妻,在国破家亡的命运下,不同地位的女人们面临着同样的悲凉命运,她们独自承担体味着属于她们的悲情。至于死生的意义,岂是一个可以明辨的是非。

（明）仇英　临宋人画

妾命薄如叶，流离万里行。
黄尘燕塞外，愁听捣衣声。
——《捣衣诗呈水云》

贰

琴瑟

人间天上，没个人堪寄。

绍兴四年(1134),赵明诚辞世五年后,李清照在整理旧箧时写下了《金石录后序》,二人志同道合的许多细节,便在惨淡经营的现实照耀下的美好回忆中娓娓道来。五年来,有太多的辛酸要述说给逝者,文中却只拣了与金石相关的琐事。然而他们的相知相守相背,本不能与金石甩脱干系。于是,他们的一生便在记录这金石的得与失之间流露而出。

后序从他们年轻时说起。明诚与清照结婚时二十一岁,还在做太学生,没有收入。每到初一、十五告谒离校的时候,他就典当了衣服,到相国寺买些碑文和小食回家,与清照一边把玩碑文,一边吃果子。那时他们是清贫的,也是无忧无虑的。在清照的笔下,那是自谓“葛天氏之民”的快活日子。葛天氏，即古老的帝名。葛天氏之民，便是不言而自信，不化而自行，生活得坦坦荡荡的人们。

崇宁元年(1102)，即婚后的第二年，赵明诚和李清照就被卷入了北宋时代著名的新旧党争。这是史学家、文学家们热衷的命题。明诚之父赵挺之作为新党停留在权力中心，清照之父李格非作为旧党沦为打击对象。面对旧党的流放之令，清照曾经以诗向公公求情，一句“炙手可热心可寒，何况人间父子情”终是没能打动政治斗争中的冷漠。后来，清照的去向成了纷纭的疑案。有人说，她作为旧党的子女离开了京城，回到她出生的地方，与明诚分居两地，因此有了诸多思念又怨艾的词。有的学者说，已经出嫁的女儿是不会被牵连的，她应该始终与明诚在京城相守。

《金石录后序》是对死者的感念，一切被议论中的尴尬，没有作为留诸后人的口实出现在清照的后序中。不快乐的往事怎能掩去那志同道合的金石之乐呢?

1103年，明诚做官了，有了俸禄，便也有了搜罗天下古文奇字的志向。得到之后，便也有了更多的失落。他们曾捧着高价的徐熙《牡丹图》叹赏不已，终于无力购买。那几天，他们相向叹息。金石，是他们共同的喜怒哀乐。清照亦把此奉为他们爱情的参照和高标。

1107年，明诚之父赵挺之被罢宰相之职，明诚也罢官回到了青州。对于清照来说，这是三十年后都无法忘怀的美好时光。这是一次契机，他们终于又重新回到了葛天氏之民的生活状态。这十年是清照最快乐的十年。他们竭尽所有，买书、校勘、整理题签。每获器物，则共同把玩，寻找疵病，每天晚上都点尽一支蜡烛。著名的赌书泼茶的典故也就发生在这段时期。每当吃过晚饭，两人坐在归来堂烹茶。指着堆积如山的史书，相互考较某事在某书某卷第几页第几行，赢者可得先饮。争强好胜的清照记忆力超强，一旦言中，清照就少女般恣意得色，拿着杯子朗声大笑，笑到杯中的茶水倾覆怀中。多年后，清照在后序中感慨，虽然那时忧患困穷，但心志不屈，真是“甘于老是乡矣”。归去来兮，出离尘世的纷争，却又尽享人世的乐趣。

政和四年(1114)，赵李在青州七年了。是年初秋，赵明诚在李清照画像题词中写道：“易安居士三十一岁之照。清丽其词，端庄其品，归去来兮，真堪偕隐。政和甲午新秋，德父题于归来堂。”清丽其词，端庄其品，是赞美清照之才德；归去来兮，真堪偕隐，是二人相得之乐。简简单单的十六个字，赵明诚这位每每在文采上输给清照的学问家，以平淡质实的语言道出了夫妻间最至情至性的相濡以沫。很多年后，为悼明诚亡故，清照曾在《偶成》诗中伤感地写道：

十五年前花月底，相从曾赋赏花诗。
今看花月浑相似，安得情怀似旧时？

十五年前，正是政和四年二人屏居青州之时。诗中之意，换了词，大约便是那句“物是人非事事休，欲语泪先流”吧。只是诗问得含蓄，答案却是不言自明。

青州十年的隐居生活，随着明诚的复出为官结束了。从京城到莱州，清照没有相随。清照再次在后序中跳过了在后人的研究中，认为他们夫妻关系处于冷战状态的这一段历史。可能是明诚重新走上官场，志向满满，不免带着市侩气；又或者是清照年近中年却无子息，明诚有了新宠。总之，后世学者都认为，清照在明诚做官离开青州，一直到她赴莱州寻夫的这段时间都是很不快乐的，或可以诗词为证。《蝶恋花·晚止昌乐馆寄姊妹》唱道：

泪湿罗衣脂粉满，四叠阳关，唱到千千遍。人道山长山又断，萧萧微雨闻孤馆。

惜别伤离方寸乱，忘了临行，酒盏深和浅。好把音书凭过雁，东莱不似蓬莱远。

这首词是宣和三年八月间，李清照前往莱州途中路过昌乐时所作。她感念姐妹们相送时难分难舍的场景，离情萦怀，于是唱断阳关曲，喝尽深浅酒。此番去莱州，是与明诚久别重聚，本应怀着无限的欣喜与期待，而清照的笔下却是带着几分对前途未卜的惶然。

初到莱州，清照有诗曰《感怀》：

寒窗败几无书史，公路可怜合至此。

青州从事孔方兄，终日纷纷喜生事。

作诗谢绝聊闭门，燕寝凝香有佳思。

静中吾乃得至交，乌有先生子虚子。

对于明诚放弃书史，终日混迹官场的生活，清照在诗中流露出了不满。她更在小序中写道："宣和辛丑八月十日到莱，独坐一室，平生所见，皆不在目前。几上有《礼韵》，因信手开之，约以所开为韵作诗。偶得'子'字，因以为韵，作感怀诗云。"原来，重见明诚也依然可以是冷冷清清的。女人的心思有太多的难以揣测，清照的伤心从何而来，没有她亲手写下的历史，后人只好从其诗词中窥探。显然，明诚撇开了金石书册，清照顿觉和他失去了共同语言。她不觉得这是自己清高的坚守，而是认为明诚迷失了灵魂。她的怨艾，对于一个为官的男人来说，或许是过于苛责了。

《金石录后序》跳过了这段不愉快的经历，直接写到了乱世来临。那之前，他们又开始了金石搜集的工作，于是与金石休戚与共的感情也重新复苏。然而乱世就这样不期而至。北宋靖康元年(1126)，李清照四十三岁，赵明诚四十六岁，金人围困汴京。夫妇二人四顾茫然，看着满箱的书卷金石，深知它们很快都不再是属于自己的东西了。"且恋恋，且怅怅"，这六字真是下得生动异常。

1127年三月，赵明诚母亲去世，他们奔丧南下。出发之前，夫妻二人怀着极其复杂而痛苦的心情，不得不对他们数十年的精心收藏进行取舍。他们百般斟选，先去掉了大部头的书，接着又去掉了重复的画卷、没有款识的古器，然后丢弃了普通版本的书籍，这样顺序割舍，还是剩有十五车。于是，明诚载着这十五车金石书卷，渡淮河，过长江，来到建康（今南京）。即便如此，老家青州尚有十余间屋子的金石，还等着来年春天再带走。谁知是年底，金人攻陷青州，十余间屋子的金石故物沦为灰烬。

次年九月，赵明诚知建康府，不久罢官。后序中，清照的笔墨就是淡淡的一句："己酉春三月罢，具舟上芜湖。"那是赵明诚面对叛乱不顾大局，自管自缒绳而下弃城奔逃，招致被罢免的故事。清照真的不在乎荣辱么？二十八年的婚姻，刻骨铭心的是"白日正中，叹庞翁之机捷；坚城自堕，怜杞妇之悲深"——清照为明诚写的祭文中只剩下这一对残句。对于明诚"坚城自堕"带来的耻辱和悲痛，她是并未隐讳的。然而清照在《金石录后序》中是那样津津乐道于赌书泼茶的故事，却绝口不提建康府的旧事。周辉在《清波杂志》卷八曾提及，"顷见易安族人，言明诚在建康日，易安每值天大雪，即顶笠披蓑，循城远览以寻诗。得句必邀其夫赓和，明诚每苦之也"。踏雪寻诗，固然是后人理解中堪比赌书泼茶的风雅逸事，却不曾体会那是清照吟着"南游尚觉吴江冷，北狩应悲易水寒"的亡国心情。而明诚的苦于应付，或许在清照看来，是他们之间的志趣再次出现了差异。

取与舍，基于清照对爱情的信念，不快乐的事是自己的，默契是两个人的。所以无论后世学者怎么猜测那几段不和谐的事迹，都不曾在后序中发现蛛丝马迹。《金石录后序》永远只留下一种印象：金石与爱情——志同道合的典范。还要去追究什么呢？写这篇文章的时候，清照自己取舍了。

免职倒是为中年的李清照和赵明诚换来了一段携金石沿江浪迹的日子。这是建炎三年（1129），李清照四十六岁。两人索性以船为家，居住江上。三个月倏忽过去。五月,船停池州,明诚却又被任命赴湖州。六月十三日,两人辞别,明诚站在岸边,一身素服。看着远去的明诚目光如炬,清照的心中若有所失甚不安乐。乱世离别,他们最关心的还是金石的处理。清照问他,如果事情紧急,该如何取舍。明诚说,先去衣被,再去书册,再去古器,珍重之物则随身怀抱,与身俱存亡。说完,明诚挥手告别了舟中的妻子,一骑绝尘而去。

这一别,生离死别。七月末,天气正热,清照得知明诚卧病途中,急忙顺江而下,一日夜行三百里。等赶到建康时,明诚已经病入膏肓。八月十八日,明诚去世。在异乡的土地上,抛下了孤零零的清照,还有他们穷尽毕生搜集,又倾注一生心力玩赏的金石书画。

金石之重,便是爱情之重。爱情的失去,也预示了金石的流失。它们注定是一体的。

江南,先让李清照深刻体会到了君臣偷安之辱,之后又遭逢流离江上、丈夫病逝。可是,她要独自承受的还远远不止这些。建康危急,朝廷流亡。清照四处奔逃,金石书画渐渐散失。其间饱受惶恐,倍感艰辛,言辞难尽。绍兴元年(1131),时局稍定,清照暂居会稽。在这里,李清照历尽千辛万苦,辗转海陆而未曾舍弃的珍贵器物书画,竟被人乘夜偷走。她出高价也仅能购回几卷。《金石录后序》写到这里,关于金石的聚和散也就颓然而止了。

绍兴五年,即后序写罢的次年,迭遭苦难的清照来到杭州,终于病倒。她嫁给了张汝舟,准备聊以安慰下半生的生活。可惜婚后不到三个月,就夫妻反目。其实这一段纷扰的公案也是由金石而起，终是为金石所误。据说，张汝舟本是看中了清照的金石收藏，而不是一个年近五十的老妪，更非她绝世的才华。后来他发现清照的金石其实早都散佚了，完全不像人们传说的那样，便将失望寄之于虐打。清照是倔强又不屈的。她揭发了张汝舟的作弊行为，尽管律法规定妻子揭发丈夫也要严惩。她为此写了封书信给翰林学士綦崇礼，也因此豁免牢狱之苦。就算再多热爱清照的后人否认她的再婚，渴望圆满那段无瑕的爱情，终是清照自己早已在《投翰林学士綦崇礼启》中留下了笔墨的明证。何况，时人的“证词”一而再再而三，都是值得信赖的学者，如李心传《建炎以来系年要录》、陈振孙《直斋书录解题》、王灼《碧鸡漫志》等等。

绍兴四年秋，清照自杭州避乱来到金华。第二年的春天，写了那首著名的《武陵春》：

> 风住尘香花已尽，日晚倦梳头，物是人非事事休，欲语泪先流。
>
> 闻说双溪春尚好，也拟泛轻舟。只恐双溪舴艋舟，载不动许多愁。

设身处地地在清照的境遇下细细品来，真是闻者伤心。江南的美在清照的心里，永远是摆脱不去的愁怨。这首词若和当年“争渡争渡，惊起一滩鸥鹭”的年少无忧、娇憨之态对读，迟暮之况怎堪细审！

六十岁那年，李清照在杭州写了《永遇乐》一词，起首一句“人在何处”，问得迷离,问得彷徨,这是流落他乡、孤独寂寞的心情。清照自伤自艾,说“如今憔悴,风鬟霜鬓,怕见夜间出去。不如向、帘儿底下,听人笑语。”词中一边记下旧日元宵佳节自己的隆重,一边映衬着现在的狼狈。人已憔悴,今昔盛衰之感,我苦人乐之别,让人更觉凄黯。古时,只有市井的妇女才会临着街住,垂下帘子听窗外的动静,而一介才女李清照在晚年却也是这般情形,生涯之潦倒可以想见。

《金石录后序》之后,清照的生活淡出了自己文字的记录。零零星星的,是人们偶尔顺及的名字。韩玉父《寻夫题漠口铺》诗前小序介绍其创作因由时写道:“妾本秦人,先大父尝仕,朝乱离落,因家钱塘。儿时,易安居士教以写诗。”陆游《夫人孙氏墓志铭》有记:“夫人幼有淑质。故赵建康明诚之配李氏,以文辞名家,欲以其学传夫人。时夫人始十余岁,谢不可,曰:‘才藻非女子事也’。”清照欲倾囊授以所学,那是何等荣耀之事,十余岁的孙氏小姑娘却谢绝了。她说,才藻不是女子的事情。这是孙氏的可悲,亦是清照的可怜。幸而,陆游将此作为孙氏夫人的德行写在文中,总算让后人们寻到一点清照的雪泥鸿爪。

那时,清照六七十岁了吧,孤单一人,流落他乡。她还回首往事么?据说人老了以后会更深地沉浸在回忆中。那她回忆的开头会从哪里开始呢,是嫁给明诚,还是“和羞走,倚门回首,却把青梅嗅”的少女时代?曾有学者解释这首词,说那是求亲的人或者明诚的造访,引起了清照的无限娇羞。

元人伊世珍《瑯嬛记》卷中记载,赵挺之为赵明诚选妻时,赵明诚白日成梦,梦中读一卷书,醒来时记得三句:“言与司合,安上已脱,芝芙草拔。”

父亲为其解梦，称“汝待得能文词妇也”。这就和“黄绢幼妇”一样，是字谜。“言与司合”，即“词”字。“安上已脱”，为“女”字。“芝芙草拔”，即为“之夫”。这当然是附会，但也表达了后人对他们天定姻缘的向往之情。清代女词人顾太清亦曾经在《金缕曲》中写道：“易安夫妇皆好古，夏鼎商彝细考，聚绝世人间奇宝。”

后人读李清照的词，感受她的爱情，至于其中太多的沉甸甸，终是今人无法感同身受的。因为身逢乱世，遭遇生离死别，赵李的生平经历让人倍觉伤感；因为泣血的《金石录后序》，得知他们费尽一生心血搜罗的文物终告流散，让人不觉掩卷叹息；因为李清照留下了那样丰富的心灵写照《漱玉词》，让人千载以下读来仍能感觉到她的青春和迟暮。

当一切的欢娱和痛苦都成为往事，李清照在《金石录后序》中要表达的只是她的虚空：

> 今手泽如新，而墓木已拱，悲夫！

梁元帝萧绎在江陵陷没被俘前，齐聚十余万卷图书尽烧之。他说，读书万卷才会有今日，故焚之。隋炀帝杨广被杀于江都。死后，人们将其书迁移。他托梦责问：为何要将我的书搬到京师？于是大风陡起，书尽覆于河中。帝喜曰：我已得书。清照由此慨叹，莫非这是人性所在，死生所不能忘也？是明诚泉下有知吧，犹斤斤爱惜，不肯将其心爱的金石留在人间。不然，为何得其那么艰难而失之却如此容易呢？

（明）无款 修竹仕女

十五年前花月底，相从曾赋赏花诗。
今看花月浑相似，安得情怀似旧时？
——《偶成》

金石之梦，人间至爱之梦；斯人已逝，金石随之而去，这大约是清照对金石之失最大的心灵慰藉了。一阙《孤雁儿》，或是她飘零人世的最后写照：

藤床纸帐朝眠起，说不尽、无佳思。沉香断续玉炉寒，伴我情怀如水。笛里三弄，梅心惊破，多少春情意？　小风疏雨萧萧地，又催下、千行泪。吹箫人去玉楼空，肠断与谁同倚？一枝折得，人间天上，没个人堪寄。

你侬我侬，特煞情多。

管道升(1262—1319),字仲颐,浙江吴兴人。工书画,尤善墨竹梅兰。二十八岁嫁给赵孟頫,人称管夫人。赵孟頫(1254—1322),字子昂,宋末元初著名的书画家。夫妻二人伉俪相得,诗画往还甚多。

两人的故事并没有多少曲折动人的地方,除了他们的佳偶天成、夫妇二人共擅书画令人称羡外,反而是一个宋皇室的遗民却在元朝做了大官,多少令人非议。夫妇二人享受人臣之乐,直至赵子昂六十六岁时,管夫人先其而去。两人之间没有坎坷,没有悲情,只有志满意得中一个申请娶妾未果的小插曲。正是这个与一切太过圆满的历程不太和谐的声音,他们之间的故事才总算有了些生动的趣味。

两人结为夫妇的年纪，放在现代都算不小了——赵子昂三十六岁，管夫人二十八岁。民间流传着赵子昂见画思人的传说。那时，赵子昂早已得其风雅之名，听闻瞻佛寺的墙壁上有位女子画了幅修竹图，生动鲜明。赵子昂闻言前往观看，没想到一看便满心倾慕了。于是打听到画画的是管家的二女儿，就托人前往提亲。其实管父也早已相中了赵子昂，双方一拍即合，赵子昂迎娶了管夫人。三十年后，他们走完共同的人生时，赵子昂在管夫人墓志铭中是这样称道的："夫人天姿开朗，德言容工，靡一不备；翰墨辞章，不学而能。"是赞管夫人的性格、德行、书法才学无一不佳。时人杨载在《赵公行状》中也赞管夫人"有才略，聪明过人，亦能书，为辞章，作墨竹，笔意清绝。"

书画传情是管夫人和赵子昂之间最值得称道的佳话了。

赵子昂在大都做官时，管夫人曾绘一卷《墨竹图》，上题小诗《写竹寄外君》，诗中道：

夫君去日竹新栽，竹子成林夫未来。

容貌一衰难再好，不如花落花又开。

这首诗很有点打油诗的意味，却是管夫人的一贯风格。这也说明，她写出后来那首通俗白话的泥人儿曲子词是很可能的。管夫人还曾画过一幅《云山千里图》，她在画卷尾部简简单单地题了八个字："云山万里，寸心千里。"真是尺幅千里，相思无限。

夫妇二人相聚于大都后，更常常共同把玩诗画，互相品评。

一次，管夫人画了一幅《梅竹图》，赵子昂很喜欢，题了一首七律于其上，赞其“握笔知伊夺化工，消闲游戏墨池中”。并在题款中写道：“道升素爱笔墨，每见余尺幅小卷，专意仿摹，落笔秀媚，超轶绝尘。此卷虽是小景，深得暗香疏影之致。”欣赏之情，溢于言表。

两人之间的不谐大约只是出现在赵子昂于江南任杭州儒学提举的时候。那时他迷恋上一位青楼女子。据说这位桂香善解人意，亦懂丹青之妙。赵子昂曾为她写下一首小词《人月圆》：

一枝仙桂香生玉，消得唤卿卿。缓歌金缕，轻敲象板，倾国倾城。几时不见，红裙翠袖，多少闲情。想应如旧，春山淡淡，秋水盈盈。

不知道这首词是赵子昂对管夫人提出纳妾之前还是之后写的，反正为了试探夫人之意，赵子昂没有直言其事，而是写了首小曲，表达自己的纳妾意愿：

我为学士，你做夫人。岂不闻陶学士有桃叶桃根，苏学士有朝云暮云。我便多娶几个吴姬越女无过分。你年纪已过四旬，只管占住玉堂春。

赵子昂借曲子之意，说王献之(陶学士多应为王学士)有桃叶、桃根姐妹二人为妾，苏东坡苏学士有朝云、暮云相伴，我既为学士，同为风流雅士，多纳几个妾也不过分。你年纪已过四十，只管占住正妻之位便是。这般难堪之事，没想到管夫人从容地回答了一首《我侬词》。词中道：

你侬我侬，忒杀情多。情多处，热似火。把一块泥捻一个你，塑一个我，将咱两个一齐打破用水调和。再捻一个你，再塑一个我，我泥中有你，你泥中有我。我与你生同一个衾，死同一个椁。

说的是我们两人就是两个泥人儿，打碎了又和在一起，分不清你我。生同衾，死同穴。看似谑语，却是情真。管夫人终于以火热的爱情阻止了丈夫的纳妾之意。有诗话说赵子昂“得词大笑而止”。细细想来其中的心情很可玩味，赵维江先生在书中言及此时，小说家言地形容管夫人流下喜悦而酸楚的泪，倘若用在赵子昂的身上或许更极贴切。

管夫人和赵子昂的故事就此再没有什么后续了——二人继续过着夫唱妇随的日子。后来再次回到大都，赵子昂官高极品，元朝太后也极爱重管夫人之才，每次召她进宫都亲自赐坐留饭，还在管夫人的梅花图上题诗一首，赞为“前村留不得，移入月中看。”元仁宗更把他们一家子的书画盖上章珍藏起来。

做官日久，江南远隔，思乡之情，归隐之意，油然而生。管夫人曾做《渔父词》四首，劝丈夫归隐。其中二首写道：

南望吴兴路四千，几时闲去云水边？名与利，付之天，笑把渔竿上画船。

身在燕山近帝居，归心日夜忆东吴。斟美酒，脍新鱼，除却清闲总不如。

赵子昂同样以《渔父词》回应了管夫人，以华美的语言表达了对归隐故乡的渴望，但却始终没有真正地付诸行动。直到 1319 年，赵子昂六十六岁，终于辞了官。这时，管道升已经病重。她终于没有能够走到日思夜想的江南，舟行至山东临清时辞世。三十年的夫妻，骤然睽别，赵子昂悲伤不已。他虽不能如元稹、东坡般写下泣血的悼亡诗，却以朴素的语言记下了老年失偶的茫然。他写道："孟頫与老妻，不知前世作何因缘，今世遂成三十年夫妇，又不知因缘如何差别，遂先弃而去，使孟頫惘然无所依。"

三年后，赵孟頫在平静中辞世。两人都得到朝廷的册封，并以艺术之名在历史上比翼齐飞，甚至成了传统文化中对爱情不渝的榜样。两人的生活是接近完美的，有名有利，有情有趣，有诗词吟唱，有书画风雅。只是作为故事，却没有跌宕起伏的情趣和张力，不免让人想起赵子昂申请娶妾的那首词中提到的故事。其实，做正妻的不愿纳妾，依然有善解人意的妾室名流千古。赵词中的桃叶桃根、朝云便是如此人物。一北一南风雅可人的几位妾室，给男人写就的文学史平添了活泼而又多情的色彩。

桃叶渡的传说发生在东晋最显赫的家族之一，住在乌衣巷的大书法家、名臣王献之是传说中的主角。他正直稳重、少言寡语，不幸续娶了一个又刁又泼的妻子，因此他和爱妾桃叶的爱情故事就更让人感到珍贵了。据说，桃叶常常渡过秦淮河去看望家人，久而久之，渡口便有了桃叶渡的美名。性情沉郁的献之一反常态写了直抒胸臆、明朗欢快的《桃叶辞》，简简单单地说："桃叶复桃叶，渡江不用楫。但渡无所苦，我自迎接汝。"

桃叶啊桃叶，你不打桨就能渡过河来，快快活活地来吧，有我在这里迎接你呢！

是爱情给了小船翅膀吧，是爱情给了桃叶无限的欢喜吧！王献之在等待中轻轻唤着她的芳名，相携之后，两人并肩漫步在绿杨荫里，听着秦淮河水的生生不息，看斜阳，看鸥鹭。忘却了俗世的烦恼，忘却了等待的不安。

能和献之相依相守的，自然也是不俗的女子。《玉台新咏》中收有桃叶的唱和诗《答团扇歌三首》：

七宝画团扇，粲烂明月光。与郎却暄暑，相忆莫相忘。

青青林中竹，可作白团扇。动摇郎玉手，因风托方便。

团扇复团扇，持许自障面。憔悴无复理，羞与郎相見。

桃叶的诗写得清新可人，表示要像团扇一般追随献之，而诗中透露的些许忐忑、羞怯又别有况味。献之还写有一首小诗，"桃叶复桃叶，桃叶连桃根，相连两乐事，独使我殷勤。"由此引起更进一步的传说：桃叶还有个妹妹桃根，两女共事一夫，其乐融融，就像娥皇女英一样。

其实献之的婚姻颇有些曲折的地方，他二十二岁时娶了青梅竹马的表姐，七年后为振兴家业休了发妻，另娶新安公主。他在《别郗氏妻》中写道："俯仰悲咽，实无已无已，惟当绝气耳。"伤心惨痛溢于言表。尽管后人视桃叶一事为佳话，但当献之临终前人们问其一生有何得失时，献之叹惋说，其他的事情是没有了，唯一的遗憾就是和郗家离婚。可见这件事情献之是抱恨终身的。

桃叶渡烟柳重重，一千六百多年来，是文人们颇为神往的地方。千里以外的惠州西湖边，则是同样为妾的王朝云的墓穴，东坡为她写下的对联仍铭刻在六如亭上：

不合时宜，惟有朝云能识我；

独弹古调，每逢暮雨倍思卿。

没有名分的红颜知己，朝云算是做到极至。作为苏东坡的侍妾，王朝云在民间传说中出名的善解人意。东坡曾指着他的大肚问，其中为何？一群年轻的女孩子们，有的说是智慧，有的说是满腹文章，朝云却说：一肚子不合时宜。东坡闻言大笑，由此展现出一段别样的知音神合。

熙宁七年，东坡三十九岁，十二岁的钱塘女子王朝云从此跟随在东坡身边。初时，他们之间是带着些香艳的故事。朝云暮雨，那是楚襄王和神女的欢爱。苏门四学士之一的词人秦观，曾赠朝云一首《南歌子》，所谓"只恐翰林前世是襄王，暂为清歌住"。将东坡比为楚襄王，朝云即是那"旦为朝云，暮为行雨，朝朝暮暮，阳台之下”的巫山神女。苏轼和了一首《南歌子》，赞美朝云如神女之飘逸灵动，最后一句不免调笑的意味，“莫翻红袖过帘栊，怕被杨花勾引嫁东风”。

当西湖结伴同游、时常前呼后拥地玩到夜半方始归去的恣意之乐随着贬官结束，夫子歌女之间的轻佻游戏不再，取而代之以一路南下的相伴不渝、甘苦与共。东坡越贬越南，从黄州到惠州，身边的姬妾越散越少，唯有朝云在前往坎坷与瘴疠的路上不离不弃。

绍圣元年十一月，东坡在惠州写了首《朝云诗》。诗前有小序说：“予家有数妾，四五年间相继辞去，独朝云随予南迁，因读乐天集，戏作此诗。”诗中感怀，早已不再是当年那襄王与神女的调笑与轻漫了。

不似杨枝别乐天，恰如通德伴伶玄。
阿奴络秀不同老，天女维摩总解禅。
经卷药炉新活计，舞衫歌扇旧姻缘。
丹成逐我三山去，不作巫阳云雨仙。

诗中说，白居易擅唱《杨枝》的侍妾樊素，终究在白居易晚年离开。朝云不仅千里跟随而来，且与东坡相得之乐亦如伶玄之于通德。晋人刘伶玄老时娶妾樊通德，通德为伶玄讲述赵飞燕的故事，两人共付感慨。阿奴络秀之典，是伤朝云之子早夭。如今，朝云如散花天女，东坡如维摩和尚，两人志趣相合，同乐解禅。这是精神世界的志同道合。而生活中，朝云洗去铅华，读书写卷，早已不再被视作欢爱的神女，而是东坡生命中相知相守、患难与共的伴侣。

东坡流放岭南惠州后，两人曾经歌酒相娱。朝云唱的是东坡的《蝶恋花》：

花褪残红春杏小，燕子飞时，绿水人家绕。枝上柳绵吹又少，天涯何处无芳草。　　墙里秋千墙外道，墙外行人，墙里佳人笑。笑渐不闻声渐悄，多情却被无情恼。

朝云正唱着忽然停下，说：吾所不能也，“枝上柳绵吹又少，天涯何处无芳草”。东坡大笑，道是：吾正悲秋，汝又伤春。不久朝云病逝，东坡终生不复为此曲。朝云一病不起时，东坡曾在《三部乐·情景》词中惆怅不已，但恨“何事散花却病，维摩无疾？”绍圣三年七月朝云辞世后，东坡为其撰写了《朝云墓志铭》。很淡的笔墨，只写朝云名字，钱塘人氏，事先生二十三年，卒年三十四，葬于丰湖之上云云。和《江城子》“十年生死两茫茫，不思量，自难忘”的悼亡妻王弗之作不同的文体，也是全然不同的张力。

终究，妻与妾在名分上是有差别的。

（明）仇英 汉宫春晓图

你侬我侬，忒杀情多。情多处，热似火。把一块泥捻一个你，塑一个我，将咱两个一齐打破用水调和。再捻一个你，再塑一个我，我泥中有你，你泥中有我。我与你生同一个衾，死同一个椁。

——《我侬词》

叹人生，争似水中莲，心同结。

苏州园林秀甲天下，最富胜名的是拙政园。尽管它没有狮子林有趣，不如沧浪亭傍水而建，不及留园幽静，却是苏州最大的园林，开阔舒展，不失细节。每每停留在拙政园，却没有意识到这原是清代词人徐灿的家园，她的词集便叫《拙政园诗余》。

拙政园原有连理山茶花，《谁园诗钞》中记云“内有宝珠山茶三四株，交柯合理，得势争高。每花时，巨丽鲜妍，纷披照瞩，为江南所仅见。”它们曾经在吴梅村的诗中“艳如天孙织云锦，赪如姹女烧丹砂。吐如珊瑚缀火齐，映如蠕蛛凌朝霞”。那是 1658 年，花开得正艳，徐灿夫妻却被贬在边陲。等到徐灿扶灵回到苏州，驻足花下时，她的丈夫陈之遴已经在关外贬所去世数年。儿子相继辞世，徐灿余生中过着“布衣练裳，长斋绣佛”的枯寂生活。她在花下哀悼一家的亡散，她说：“一家骨肉花前坐，相对残枝更黯然。”人已逝，花已残，真是“物犹如此，人何以堪”！如今，连理山茶花早已不再，就连后补的十八曼陀罗也不知所终，唯有那十八曼陀罗馆，证明着情已旧而花非昨。

徐灿字湘苹，江苏吴县人，是李清照以下享誉最高的古代女词人。陈维崧《妇人集》赞她“才锋遒丽，生平著小词绝佳，盖南宋以来闺房之秀，一人而已。”她的父亲徐子懋经通文史，祖姑徐小淑也是苏州才女。在书香门第的耳濡目染之下，湘苹如《家传》中所说“通书史，识大体”。她嫁给当时名士陈之遴为继室。陈之遴出身海宁望族，是明清之际的著名诗人。夫妻二人志趣相投，常有唱和之作。

崇祯十年(1637)陈之遴中进士，随即入京为官。京城里的这段日子，是他们一生中最美好的时光。壮志得酬，生活惬意。他们居住在幽雅的都城西隅，书室数间，颇为宽敞。书房前有一株古槐，垂阴如车盖。后庭有数十步宽，中间砌了一座小亭。亭前一株合欢树，青翠扶苏，叶叶相对。晚上相互交敛，清晨则舒展开来。夏天吐花如朱丝。就在这株合欢树下，新科进士陈之遴与妻子徐湘苹相对而饮，从冬至夏。有时兴之所至，登上小亭旁的山丘，向远处眺望，西山风物，朝夕殊态。那时，陈子鄰公务之余闲暇颇多，出门就呼朋唤友，尽至交之乐，回到家中则相与唱和，欣赏湘苹清新可诵的词篇，尽享闺房之娱。那是何其风雅又自在的日子。可惜好景不长，不过二三年，陈之遴官场失意了。他被崇祯帝斥为“永不叙用”。他们黯然回到了南方。于是这段北京城的时光，便成为陈之遴和徐湘苹毕生的思念和追忆。

明末清初，身处江南的徐灿和丈夫在兵乱之间流离躲避，亲见故土离乱，国破家亡，沉痛之情溢于言表。她的词作内涵也因为这样复杂沉重的感情而更加气质高华。患难之际，她写下了《少年游・有感》：

> 衰杨霜遍灞陵桥，何物似前朝？夜来明月，依然相照，还认楚宫腰。　金尊半拚琵琶恨，旧谱为谁调？翡翠楼前，胭脂井畔，魂与落花飘。

她还有词《满江红・和王昭仪韵》。王昭仪是南宋末年被迫北上的后宫女子王清惠，她曾在北上的驿站墙壁上写下沉痛的《满江红》以伤国事。徐灿以词和王清惠之意，其下片有云："身自在，心先灭。也曾向，天公说。看南枝杜宇，只啼清血。世事不须论覆雨，闲身且共今宵月。便姮娥、也有片时愁，圆还缺。"湘苹自是深痛国亡，吟咏不歇。而她的丈夫却已走上了新朝的富贵路。

1645年，陈之遴再仕清廷。不久，湘苹携子女前往京城与之相会。关于湘苹对于丈夫再仕新朝的态度，没有明确的记载，人们只是从她词中对国亡的悲痛，来推断她或许对丈夫存有微弱不满。总之，湘苹既没有像柳如是那样强烈地要求钱谦益殉国，也没有如顾媚那样阻止龚鼎慈赴死。她不是秦淮名妓，可以据理力争，她只是以大家闺秀的内敛，顺应着夫妻之道。

这次赴京,陈之遴和徐灿之间的关系是微妙的。

一路北上,湘苹心绪复杂,眼见故土满目疮痍,她不禁触景生情,感慨万端。湘苹在《满江红·将至京寄素庵》中写道:"满眼河山牵旧恨,茫茫何处藏舟壑",这是多么明白无误的感情!徐灿的名篇《永遇乐·舟中感旧》也是北上途中所写,词中道:

无恙桃花,依然燕子,春景多别。前度刘郎,重来江令,往事何堪说。逝水残阳,龙归剑杳,多少英雄泪血。千古恨、河山如许,豪华一瞬抛撇。　　白玉楼前,黄金台畔,夜夜只留明月。休笑垂杨,而今金尽,秾李还消歇。世事流云,人生飞絮,都付断猿悲咽。西山在,愁容惨黛,如共人凄切。

这首词从艺术成就上来说,用典很多,陈廷焯《词则·放歌集》赞其"全章精炼,运用成典,有唱叹之神,无堆垛之迹"。就其思想内容,谭献则评此作"外似悲壮,中实悲咽,欲言未言。"且看她直抒胸臆的地方,"千古恨、河山如许,豪华一瞬抛撇","世事流云,人生飞絮,都付断猿悲咽",何其强烈的情感力度。至于谭献所谓"欲言未言"之处,恐怕还是针对她不满陈之遴为官新朝的绵里藏针吧?

陈之遴在北京热情地等待着,面对湘苹的怨艾之词,他如何能够自安?湘苹《永遇乐·舟中感旧》中的"往事何堪说"、"西山在,愁容惨黛,如共人凄切”，真是令人惴惴不安。那是直指十年前的美满生活，那时他们时常登临眺望的西山，怕如今也是和人一般凄切。她不仅觉得未来无望，也是将从前的快乐一笔抹煞。于是，陈之遴在《西江月·湘苹将至》中必须表达出他无比热切的心意：

梦里君来千遍，这回真个君来。羊肠虎吻几经猜，且喜余生犹在。　旧卷灯前同展，新词花底争裁。同心长结莫轻开，从此愿为罗带。

词中道：梦里梦到你千万遍，这回你真的是来了。从此，我们可以一起灯前同展旧卷，花底玩赏新词。真希望罗带同心，结成一生一世的因缘。词中满是陈之遴的渴盼和欣喜，却也透出几分贰臣的无奈和忐忑。为了博得湘苹的理解和同情，他倾述着“羊肠虎吻几经猜，且喜余生犹在”这般贰臣为官的如履薄冰。他深知她是如此怀念十年前的北京生活，于是以“旧卷灯前同展，新词花底争裁”唤起她对过往的眷念，燃起她对未来生活的希冀。他以“同心长结莫轻开，从此愿为罗带”的感情力量，试图消解她对于他改仕新朝的抵触。这是贰臣为人夫为人臣的愧疚，在患得患失之间曲意逢迎，以热情的心曲呼唤着她的释怀。

湘苹终于还是来到了北京。尽管她是那样不情不愿，在《风流子·同素庵感旧》中直呼出“悔煞双飞新翼，误到瀛洲”。面对湘苹之悔，陈之遴唯有若无其事，继续动之以情。十年弹指，世间天翻地覆。当年隅居的庭院早已毁于兵火。徐灿和陈之遴不停地吟咏着那株合欢树，追忆似水年华。他们在共同的忆往中，沟通起曾经的心有灵犀，修复着改朝换代对他们造成的隔阂和伤害。

湘苹《唐多令·感旧》写道："记合欢树底逡巡，曾折红丝围宝髻，携娇女，坐斜曛。"那时，他们一家在合欢树下，夏天花儿开得正好，他们折下火红的花枝，将之围绕在湘苹的发髻上。湘苹带着幼女，坐在斜阳下。他们曾经真诚地以为，这种无忧无虑的美好时光会成为永远。多愁善感的湘苹却常常怀着唯恐失去的忧愁。多年后，她在《水龙吟·次素庵感旧》中证实道："合欢花下流连，当时曾向君家道，悲欢转眼，花还如梦。那能长好。真个而今，台空花尽，乱烟荒草。"当美好转瞬即逝，湘苹而今能做的，便是劝夫君珍重眼前时光，所谓"把酒微吟，譬如旧侣，梦中重到。请从今，秉烛看花，切莫待，花枝老"。

时间是最好的疗伤药物，湘苹渐渐认同了生活，毕竟，北京是她的第二故乡。更何况，陈之遴的官正做得志满意得。

顺治七年(1650)，陈之遴为湘苹编撰词集，并为之作序。序中说起缘起：

今冬搜辑得百首，余为之诠次。每阅一首，辄忆岁月及辙迹所至，相对黯然。毋论海滨故第，化为荒烟断草；诸所游历，皆沧桑不可问矣。曩西城书室亭榭，苍然平楚，合欢树已供刍荛，独湘苹游览诸诗在耳。

(清)金廷标　莲塘纳凉图

记合欢树底逡巡，曾折红丝围宝髻，携娇女，坐斜曛。

——《唐多令·感旧》

湘苹之词对于他们夫妻来说,无疑是生活的记录。当故第、沧桑、书室、合欢树一切都不复存在的时候,幸而湘苹诸词仍在,见证着他们岁月中的悲欢离合。湘苹之词不仅是生活的印记,更是夫妻二人的志趣所在。诗词是感愤的工具,他们在心灵的抒写与交流中,成为了真正的文章知己、精神伴侣。

顺治十年(1653),陈之遴买下了故乡苏州的拙政园。这年,以《拙政园诗余》命名的徐灿词集由其子坚永、容永、奋永、堪永刊印。顺治十二年(1655),陈之遴以弘文院大学士加少保兼太子太保,达到了仕途的顶峰。就在他风光无限之际,次年却遭到弹劾,所谓"植党营私"、"市权豪纵",以原官发配盛京(沈阳)居住。这次有惊无险,是年冬,陈之遴和湘苹即得以返回北京。徐灿途中纪诗《玉田县》,诗中有云:"风沙满鬓人非昨,道路经时岁已阑。"

1658年,陈之遴再次因重罪全家发配尚阳堡(辽宁开原东)。陈之遴的儿女亲家吴伟业有《赠辽左故人八首》诗,其中"短辕一哭暮云低,雪窖冰天路惨凄"尽写路途之凄凉,"百口总行君莫叹,免教少妇忆辽西"则是苦中作乐,聊以自慰之悲叹。刚开始,湘苹还充满希望,在每一个新年到来之际期待着归期。当年除夕和元旦,她即在《己亥除夜》中希望"阳和忽转条风暖,好送雕轮凤阙旁",在《庚子元日》中盼着"金鸡为报归期早,柳色依依引客程"。可惜,君心如铁。

1662年,拙政园被充公。

1666年,湘苹照例在《丙午元旦》中满心鼓舞地写道:"归计年年切,今年定得归”。当憧憬成为烟云，她唯有和陈之遴在唱和中彼此慰藉着苦难。春天的时候，陈之遴手定完成《浮云集》。也许，他已经意识到自己时日不多，努力为浮生做一次总结吧。这年，江南才子陈之遴在关外贬所辞世了。自此，湘苹弃却了她的彩笔，还有什么可以写呢？太多的悲伤，不如不写罢。不久儿子们也都去世了，心如槁木的湘苹从此“布衣练裳，长斋绣佛”。

1671年，康熙东巡。湘苹跪道自陈。康熙问她有冤么？湘苹说，先夫惟知思过，哪里敢说是冤，只希望圣上仁德，允许先夫还葬故土。她的言辞打动了君王。塞外苦寒十三年，湘苹终于回到了江南，只是她已经孑然一身。在陈之遴辞世五年后，湘苹终于带着他的灵柩，回到他们阔别二十六年的故土。他们曾经置下的拙政园，在被充公后如今又被归还。陈之遴从未在这里生活过，湘苹也只是扶灵而来，在这里短暂停留，留下诗歌和哀怨。不久，陈家便变卖了园林。

吴骞《重刻拙政园诗集题词》曾说湘苹“身际艰虞，流离琐尾，绝不作怨谤语”。湘苹诗集的最后两首是她暮年南归时题为《感旧》的两首绝句：

人到清和辗转愁，此心恻恻似凉秋。
阶前芳草依然绿，羞向玫瑰说旧游。

丁香花发旧年枝，颗颗含情血泪垂。
万种伤心君不见，强依弱女一栖迟。

康熙六年(1667),陈之遴在边地辞世的次年,陈维崧曾作《拙政园山茶连理歌》。诗中有道:“路人指点说山茶,潋滟交枝映晚霞。此日却供游予折,当年曾属相公家”、“双栖双宿何时已,从此花枝亦连理”、“兴衰从古真如梦,名花转眼增悲痛”,写花终是写人。诗中最后一句慨叹正好结束全文,正是:

已知人去不如花,那得花间尚如故。

文章知己虽堪许，患难夫妻自可悲。

现代女词人沈祖棻(1909—1977)出生于苏州大石头巷的一座老宅里。祖父沈守谦笃好艺术，和词人朱孝臧、书画家吴昌硕等都有来往。祖母在世时，家道还算殷实，每年秋天在后花厅用数百盆菊花堆成菊山。祖棻与小伙伴们也曾一起联诗吟句，宛如置身于《红楼梦》中大观园。1928 年祖母去世后，大家庭日益走向没落。

1931 年，祖棻来到南京中央大学中文系，从此如鱼得水。她和女友们各自以词牌名作为雅号，祖棻因常以口红润唇，名为“点绛唇”。她们和吴梅、汪东诸师在秦淮河边唱和，在金陵古城四处畅游吟咏，留下了《水调歌头》“雨夜集饮秦淮酒肆，用东山体”、《高阳台》“访媚香楼遗址”等词，记下

“笙舟灯榭，座中犹说旧豪华”的雅集。祖棻在金陵古城不仅收获了学业，还认识了程千帆，从此结下一生的缘分。至今仍有一帧黑白照片言说着他们的幸福与微笑。那是1936年春，二人漫步玄武湖畔，但见花木含芳，千帆年少儒雅，祖棻时尚美丽。

1937年的到来，宣布了时代和个人悲剧的开始。早在1932年春天，沈祖棻即以一首《浣溪沙》揭开了女词人忧国忧民的序幕，也谱就了心路历程《涉江词》的开端。

芳草年年记胜游，江山依旧豁吟眸。鼓鼙声里思悠悠。
三月莺花谁作赋？一天风絮独登楼。有斜阳处有春愁。

末句“有斜阳处有春愁”，春愁由斜阳带出，更是比喻日寇进迫，表现出国难日深下知识分子的忧患意识，抒发着历代文人“天下兴亡，匹夫有责”的深厚情怀。这首词亦因即景抒情，用词精确，世人服其末句工妙，戏称她为沈斜阳。是年8月，日寇轰炸南京日甚，里巷都空，祖棻和程千帆避难屯溪，随即在当地结婚。次年2月，日寇迫近，祖棻和千帆先后来到长沙，住在好友孙望家。虽房屋短窄，而意气不衰，二人每共读《楚辞》，以抒其磊落不平之气。

1938年9月，沈祖棻应聘在重庆界石场蒙藏学校教书，程千帆转赴西康工作。一年后，祖棻不得不因病离开蒙藏学校。赴西康养病的途中，在重庆遭遇空袭，一夕数惊，祖棻久病之躯难以承受长途跋涉的艰苦，终于没有能够抵达西康，而是中途留在了雅安。病怀之下又兼相思迢递，更有身世家国之感，所谓“更无双泪为君流”，真正写得至痛至哀。

1940年2月，在祖棻三十一岁这年的伊始，她的新诗集《微波辞》出版了，其中几首诗被谱成歌曲广为传唱。然而两个月后，她就因被确诊为腹中生瘤，不得不前往成都动手术。赴成都之前，她在写给汪东、汪辟疆两位先生的信中道：“所遗恨者，一则但悲不见九州同，一则从寄庵师学词未成，如斯而已。”就在刚刚做过手术、伤口未愈的一个夜晚，医院忽然失火，祖棻仓皇逃出，所有衣物悉被烧毁。千帆从旅馆奔向火场，一时四觅不获，那种惶然惊惧真是无以言表。直到清晨时分，两人劫后重逢，不觉相见持泣，恍然如梦。

此后两年，祖棻随千帆在乐山养病。1941年6月迁居学地头后，他们与钱歌川、刘永济结邻，时时书友相访，看炊烟，读闲书，感受着生活的平淡与真实。这是祖棻流寓西蜀十年间，最美好恬静的一段时光，享受着战乱下相对悠然的山居生活。

1942年夏，祖棻和千帆一起到成都金陵大学教书，并在教学之余，担任了正声诗词社的指导老师，教授华西大学和金陵大学甚至川大热爱诗词创作的学生。他们定期在少城公园（今人民公园）的茶馆或新南门外枕江茶馆聚会。会间，社员们分别出示上次的习作，互相观摩，议论古今词作。会后师生醵金聚餐，能豪饮的社员还互相赌酒，尽欢而散。祖棻不仅命题，还不惮其烦地仔细修改习作。学生们编成《风雨同声集》，祖棻为之作序。章士钊见到此集很是欣赏，并在论近代诗家绝句中云：“大邦盈数合氤氲，门下门生尽有文。新得芙蓉开别派,同声风雨已堪闻。"

祖棻和学生们共论诗词的同时,也常和师友集会唱和。1942 年岁暮,她和前辈学者庞俊、萧参二师,及同辈至交高文、萧印唐、陈孝章、刘君惠诸友相聚成都枕江楼,饮酒论诗。座间高文狂谈,君惠痛哭,日中聚饮,至昏始散。沈祖棻为此感慨万端,归来作《高阳台》一首,序中有言:"余近值流离,早伤哀乐,饱经忧患,转类冥顽,既感二君悲喜不能自已之情,因成此阕。"随后诸师友皆出词相和。刘君惠在《高阳台》小序中更言及原委:"壬午嘉平,止畺召集江楼,余以酒悲,不觉长号。明日,紫蔓先生有词,石帚、中伦两师复和韵见慰,石斋、印唐诸君继起有作。嗟乎,百忧熏心,乱离瘼矣,而师友笃爱,浃髓沦肌,因写心声,继成此调。"当时雅集,如何能真正享风雅,总不外乎伤国痛,思江南,终成长歌当哭。

《一萼红》一词即祖棻为 1944 年 8 月衡阳之战而作,全词壮怀激烈。

> 乱笳鸣。叹衡阳去雁,惊认晚烽明。伊洛愁新,潇湘泪满,孤戍还失严城。忍凝想、残旗折戟,践巷陌、胡骑自纵横。浴血雄心,断肠芳字,相见来生。　　谁信锦官欢事,遍灯街酒市,翠盖朱缨。银幕清歌,红氍艳舞,浑似当日承平。几曾念、平芜尽处,夕阳外、犹有楚山青。欲待悲吟国殇,古调难赓。

词前小序云:"甲申八月,倭寇陷衡阳。守土将士誓以身殉,有来生再见之语。南服英灵,锦城丝管,怆怏相对,不可为怀,因赋此阕,亦长歌当哭之意也。”作为时代的见证者、参与者，沈祖棻深深地感受着国家危亡的切肤之痛。上片尽言衡阳将士悲壮殉国，下片叹后方承平景象。两相比照，词人感愤万端，悲吟国殇，长歌当哭，情何以堪？汪东先生评此首为“千古一叹”。

1945 年，经历了许多的坎坷和沧桑，经历了不尽的期望和等待，抗日战争终于胜利了。顺江东下指日可待，江南旧地已近在咫尺，可是祖棻的喜悦转瞬就消失了，取而代之的是更深重的悲哀和绝望：千帆已随武汉大学先期返回，祖棻却无奈滞留四川，夫妻仳离，欲归不能；而遥想东南，苏州旧居早已变卖，老父乱中辞世，曾在上海暨南大学读书的妹妹不到三十岁即染肺疾早逝，死前孤寂地烧去了她所有的文字，像黛玉焚稿般充满了绝望与悲情——唯一遗留下的一帧照片是在话剧舞台上演绎着别人的生命。

1952 年至 1956 年，祖棻终于回到思念已久的江南，先后在苏州江苏师范学院和南京师范学院任教。其间寄情故乡山水，与师友相处融洽，又有娇女承欢膝下，精神十分愉悦。唯一美中不足的是，程千帆仍远在武汉大学，两地分居，不免平添惆怅。1956 年夏天，祖棻依依不舍地告别江南，告别诸友，调回武汉大学工作。可是很快就到了 1957 年反右，程千帆被打成大右派，祖棻从此成为“罪人的妻子”。

那时，他们早已被迫从二区的小洋楼，搬到了远离武大中心的珞珈山下九区的破平房里。千帆远在沙洋放牛改造，女儿在关山工厂，每周携孙女早早回来一二日。每每看病购物都要翻山越岭。尽管生活多艰，沈祖棻还能以老来看淡一切苦难的心态，自若地描写她的生活。她淡淡地落笔，

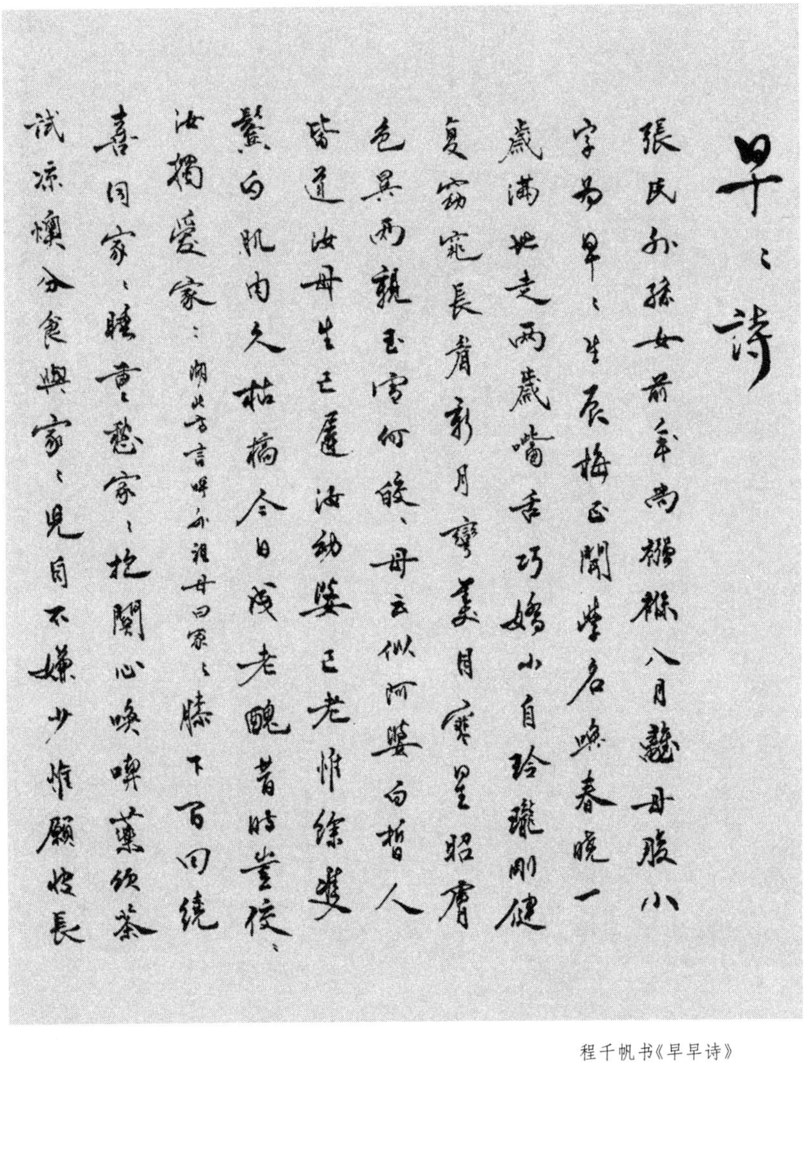

程千帆书《早早诗》

张氏外孙女，小字为早早。
一岁满地走，两岁嘴舌巧。
汝独爱家家，膝下百回绕。
倒罐复翻篮，到处觅梨枣。
帐杆当竹马，手杖满地捣。
吓人装老虎，怒吼势欲咬。
阿母责顽劣，此语使儿恼。
我是最乖儿，家家好宝宝。

——《早早诗》（节选）

字里行间无怨无悔。她在 1975 年 4 月 8 日的日记中写道:“每早乍醒朦胧之际,总觉千帆及囡及早早就在外房一样,一清醒知均不在此,每感孤寂无味。”生活寂寞无聊,物质匮乏,但她依然在苦涩中寻找着生活的意味。湖光山色,老友书信,孙女早早,都是她消遣生活的寄托,对于文学与艺术,对于自然,她的灵心慧性与激情感悟依然绵延不绝。

4 月 9 日(二月二十八日),星期三,阴。她在日记中记道:

早醒又想早早,起床后已七时,看火尚好,即稍早加,极好。近日车多又开窗门,灰极大,即细掸抹两房一偏,略洗抹布,已七时三刻,即出外至湖边散步,在铁疗墙外石级上立有一刻钟,眺望湖山,觉烟波浩荡,景色无边。近山平野,青翠笼葱,远山遥树,烟雾迷濛,湖波渺渺,远处白帆缓驶,景色如画。近日常朝夕至湖边散步眺望,觉百观不厌,且朝夕阴晴,又各有不同,而皆极其美。惜无东坡咏西湖之才,能道出东湖之美也。因思东坡以西子比西湖,以淡妆浓抹比阴晴,实为妙喻。每思世上事物,其最美而令人百看不厌者,为湖山胜景、春花秋月、美好诗文、精美艺术及美人。山川之美,虽有大小高低之不同,但各地皆有,可以赏心悦目骋怀怡情。纵亦有陵谷沧桑之变迁,千载以上,目不及睹。春花秋月,虽有繁盛零落、阴晴圆缺之不同,使人易生感慨惋惜之情,而四时往复,光景常新。人生虽促,亦可及时欣赏。美好诗文,则古人远矣,而作品千古流传,一编在手,百读惬心,恨未能起作者于九原一论精微也。精美艺术,其惊心动魄,荡心回肠，心醉神驰，亦百观而不厌，但一时难屡遇耳。惟美人则不世出，千古以来，寥寥可数，虽艳容惊目，秀色可餐，而青春短暂，美人迟暮之感，古今所悲。如花美眷，似水流年，古诗人所谓“昔日美少年，今日成老丑”，前王婆所谓“少似观音老似猴”也。可不痛哉！惟山川之美，随时可遇，千古常新耳。

在那个苍白冷寂的时代里，祖棻的眼里仍有生命的色彩，她的内心激荡着山川之美、千古常新的感慨，她还写下长篇《早早诗》，把小外孙女早早描写得那样生动可爱。舒芜对这首诗的理解是极有价值的，“《早早》一篇用童心的灯火照亮了苦难和屈辱的灵魂的暗隅，这才是它的‘深衷’所在。”

1977年，沈祖棻和程千帆自愿退休，重返江南和故朋旧友相聚，岂料这却是她最后一次归省江南。6月27日，祖棻不幸遭遇车祸身亡，享年六十八岁。一生忆江南的苏州女子，从此安葬在了武汉九峰山公墓。

在祖棻故去的那个夏天，程千帆没有沉浸在悲痛中止步不前，而是奋力整理亡妻的诸种遗作，并在不久之后文艺复苏的春天，将《唐人七绝诗浅释》和《宋词赏析》付梓出版。祖棻曾在《千帆沙洋来书，有四十年文章知己患难夫妻，未能共度晚年之叹，感赋》中写道：

合卺苍黄值乱离，经筵转徙际明时。

廿年分受流人谤，八口曾为巧妇炊。

历尽新婚垂老别，未成白首碧山期。

文章知己虽堪许，患难夫妻自可悲。

也许，这首诗最能概括他们的一生。他们是真正的知己。祖棻在《致卢兆显书》中曾说："与千帆论及古今第一流诗人无不具有至崇高之人格，至伟大之胸襟，至纯洁之灵魂，至深挚之感情，眷怀家国，感慨兴衰，关心胞与，忘怀得丧，俯仰古今，流连光景，悲世事之无常，叹人生之多艰，识生死之大，深哀乐之情，为天地立心，为生民立命，夫然后有伟大之作品。其作品即其人格心灵情感之反映及表现，是为文学之本。"这是他们一生对为学、为词的共同理解和为人的共同标准。他真正懂得她的才华，正如他在她墓碑上书写的八个大字："灵芬奇采，炳耀千秋。"程千帆不擅词作，每每祖棻赠他词，他答还的是诗。他是严谨的学者，诗作典故太多，也很难见出性情。可是他有两首《鹧鸪天》词写得很真，很任性。这是夫妻四十年的感情，更是他对亡妻才华和信念的致敬。题前小序记道："子苾逝世，忽近期年，为刊遗词，怆然成咏"：

衾凤钗鸾尚宛然，眼波鬓浪久成烟。文章知己千秋愿，患难夫妻四十年。　　哀窈窕，忆缠绵。几番幽梦续欢缘。相思已是无肠断，夜夜青山响杜鹃。

燕子辞巢又一年，东湖依旧柳烘烟。春风重到衡门下，人自单栖月自圆。　　红缓带，绿题笺。深恩薄怨总相怜。难偿憔悴梅边泪，永抱遗编泣断弦。

“难偿憔悴梅边泪,永抱遗编泣断弦”,这是患难夫妻之至痛,亦是文章知己之至幸。

（清）董邦达　平湖秋月

三月莺花谁作赋？一天风絮独登楼。有斜阳处有春愁。

——《浣溪沙》

㊂

恨嫁

愿得一心人，白头不相离。

王实甫的《西厢记》里，张生隔墙琴挑崔莺莺，道是：“昔日司马相如得此曲成事，我虽不及相如，愿小姐有文君之意。”白朴的《墙头马上》中，李千金以文君故事作为自己私奔的辩护。《琴挑》是《玉簪记》中最出名的一场折子戏，少年书生潘必正也是仿效相如，以琴心挑动了女尼陈妙常。

古时恨嫁的青年男女都有一对高标，那就是汉代的司马相如和卓文君。卓文君，汉武帝时临邛巨商卓王孙之女，青春丧夫，十七岁即寡居在家。她不仅容颜秀美，而且喜好音乐。司马相如曾是汉景帝之弟梁孝王刘武的门客，和枚乘、邹阳等辞赋家相与游乐，写下了《子虚赋》，是个不世出的才子。《西京杂记》卷三记时人称相如赋“典而丽”，扬雄因学相如赋而不及，因此叹服云："长卿赋不似从人间来，其神化所至邪？"同样是汉代文章大家，文人相轻，扬雄却是对相如推崇备至，其文采惊人可以想见。梁孝王死后，司马相如回到成都，家计贫穷。他的好朋友临邛县令王吉邀他到临邛作客，他欣然前往。故事便从这里开始了。

相如住在客舍里，受到王吉的种种礼遇。刚开始相如还接见王吉，后来就常常称病谢绝，王吉对相如就愈发的恭敬了。临邛的两大富人卓王孙和程郑听说县令这样谨事相如，就为相如举办了一次盛大的宴会，座中客人数以百计。开宴时，相如称病不来，王吉不敢用饭，亲自前往相邀，相如才不得不来。他一到，举座倾倒于他天人般的风采。酒酣，王吉请相如奏琴。相如一再推却，王吉坚请，相如终于弄琴一回。至于是何曲目挑动了文君的芳心，以严谨著称的太史公倒并未记录下来。只说文君心悦而好之，"恐不得当也"。她的迟疑和顾忌，相如竟似清楚的，他用重金买通了侍女以通殷勤。这个殷勤是如何通法，是诗，是辞，是书？不得而知。反正一番心意一旦通达，文君便再不犹豫了，她连夜奔到相如的客舍，两人星夜兼程奔回了成都。

奇妙的地方在于《史记》中两次用到了同一个字"缪"。"临邛令缪为恭敬，日往朝相如。""是时卓王孙有女文君新寡，好音，故相如缪与令相重，而以琴心挑之"。"缪"字，假装之意。这大约就是学者王立群在《百家讲坛》中直指相如劫财劫色，故作惊悚之言的基础了。

如果故事只是在这里结束，那么这真是对抗封建礼教的才子佳人的私奔故事。《凤求凰》的曲名就这样孕育而生。曲中道：

凤兮凤兮归故乡，游遨四海求其凰。有艳淑女在此房，何缘交接为鸳鸯？

凤兮凤兮从我栖，得托孳尾永为妃。交情通体心和谐，中夜相从知者谁？

这只曲契合才子佳人的心意，也吻合当时的情境，而且直指情色的终点。至于这首曲子的具体内容，最早可以追溯到唐代《史记索隐》和《艺文类聚》中。它是这样深深地打动了文人的心曲，千载以下，人们纷纷与之遥相唱和。唐人张祜有《司马相如琴歌》曰：

凤兮凤兮非无凰，山重水阔不可量。

梧桐结阴在朝阳，濯羽弱水鸣高翔。

元人王实甫《西厢记》中，张生以一曲《凤求凰》隔墙花影，打动了小姐莺莺。曲中有道：

有美一人兮，见之不忘。一日不见兮，思之如狂。

凤飞翱翔兮，四海求凰。无奈佳人兮，不在东墙。

将琴代语兮，聊写衷肠，何日见许兮，慰我彷徨。

愿言配德兮，携手相将。不得于飞兮，使我沦亡。

同样的骚体，王实甫将古奥的相如版《凤求凰》改写成了元代的通俗版，其意不变，其文更简。文字俗了，意旨倒是没有那么赤裸裸的了。近代版的歌曲《凤求凰》文字更明白晓畅："无限爱慕怎生诉？款款东南望，一曲凤求凰。"奇怪的是，随着时代的开放，词曲反是更干净了。那大胆追求的情色，尽被眉来眼去的表情掩去了本质最为奔放和挑逗的情欲。所以千百年以下，相如的《凤求凰》仍是直奔主题的至高典范，也唯有"放诞风流"的文君敢于望空笑纳。

然而文君对私奔后的生活状态是不满意的，而且是"久之不乐"，很久都不快乐。说明她的天性虽然冲动，但并不豪迈，很多东西她放不下。生活是严酷的，柔弱的双手难以创造富有的生活。过惯了锦衣玉食的文君不甘心就这样被父亲弃于贫困，于是她置之死地而后生。她对相如说："我们不如一起回临邛吧，就算问叔伯兄弟借钱度日也可为生，何必如此自苦！"这段到了《西京杂记》中，便更多了一些情节。因为贫穷，相如典当了衣裘换酒与文君同饮。饮中，文君忍不住与相如抱颈而泣，说我平生富足，何至于当衣买酒。

小夫妻二人当年是连夜奔回成都，如今又明白无误地回来了。他们卖掉马车，盘下一间酒舍。文君穿着粗布衣裳当垆卖酒，相如则和下人一起干着粗活。卓王孙深以为耻，拒不出门。叔伯兄弟们就去劝他，你又不缺钱，反正文君已经失身给相如了。相如虽穷，才华却足可信赖，何况他好歹也是县令的座上宾。卓王孙无可奈何，索性将以前的嫁妆还给文君，又分给她僮百人、钱百万。于是文君和相如回到成都，买田置业，俨然富人。

这一役真是计出惊人，大获全胜，成为中国戏曲中最有张力的片段之一，演化为诗歌中乃至有关四川的常用事典。唐人李商隐有诗《杜工部蜀中离席》曰："美酒成都堪送老，当垆仍是卓文君。"宋人陆游有诗《寺楼月夜醉中戏作》曰："此酒定从何处得，判知不是文君垆。"后人更有藏头诗《望江亭》："当炉卓女艳如花，不记琴心未有涯。负却今宵花底约，卿须怜我尚无家"暗寓"当不负卿"四字。

当垆卖酒的主意究竟出自文君还是相如？反正《史记》贯以文君的名义。《史记》终是为男人作传，太史公为王吉和司马相如留下的只不过是二"缪"字，其余的褒贬却是要去字里行间细细揣摩。而文君的话就说得非常直白，行动也是明确无误。

如果故事在这里结束，那么就注定是一个充满喜感的世情故事。封建守旧的大财主终于敌不过美貌女儿的智慧，给予了她应有的财富与幸福。卓王孙作为反角被征服，而充满勇气和魄力的年轻人争取到了他们应得。然而，故事还在继续……

一日，汉武帝读到了相如的《子虚赋》，叹服之余恨不同时。武帝的狗监杨得意是蜀人，说这人正是我的同乡。武帝大惊，于是召见相如。武帝赞他《子虚赋》写得好，相如说，那不过是诸侯之文，如果天子游猎，自是一番与众不同，请准许我为天子游猎赋。天子欣然允奏，赐给相如纸笔。于是《上林赋》问世，全篇铺就天子行猎的壮观，成就了汉大赋的杰作。汉武帝大悦，因为赋中不仅有天子凌云之气，亦有曲终奏雅的推尊节俭之意。《上林赋》全文载于《史记》，可见这篇赋的地位。相如就此平步青云，封了郎官。

相如毕竟是有真才实学的。数年后,他也真正做了青史留名的功业。这年相如官升中郎将,前往四川招抚边境上的少数民族。相如不辱使命,天子大悦。当他到达蜀地时,太守亲迎郊外,县令亲自为马前驱。卓王孙等富豪纷纷献酒于送客观。据《华阳国志》记载,蜀城北十里升仙桥有送客观。相如第一次离开故里前往长安时,曾在门上写下:“不乘赤车驷马,不过汝下也。”相如终于等到了荣归故里的这一天,傲慢的卓王孙不禁喟然而叹。

如果故事完结在这里,真是完满的大结局。曾经落魄的才子,终于得到社会认同的荣誉。曾经势利眼的丈人被迫低下了头,戏曲故事中就流传着卓王孙献金相认的段子。最扬眉吐气的应该是文君吧,才女慧眼识人。一个男人总要飞黄腾达才对得起为他私奔的女人,证明他确实值得她倾心相许。可是男人的腾达这等俗套的故事接下来,往往便是同样俗套的亘古不变的二心故事。

这是《西京杂记》里的传说。《西京杂记》卷三记曰:“司马相如将聘茂陵人女为妾,卓文君作白头吟以自绝,相如乃止。”《白头吟》道:

皑如山上雪,皎若云间月。闻君有两意,故来相决绝。
今日斗酒会,明旦沟水头。躞蹀御沟上,沟水东西流。
凄凄复凄凄,嫁娶不须啼。愿得一心人,白头不相离。
竹竿何嫋嫋,鱼尾何簁簁。男儿重意气,何用钱刀为?

（明）陈洪绶　蕉林酌酒图

一曲《凤求凰》演绎的才子佳人的浪漫爱情
故事却终究难逃始乱终弃的俗套。

据说诗后还附了《诀别书》，写道：“春华竞芳，五色凌素，琴尚在御，而新声代故！锦水有鸳，汉宫有水，彼物而新，嗟世之人兮，瞀于淫而不悟。朱弦断，明镜缺，朝露晞，芳时歇，白头吟，伤离别。努力加餐勿念妾，锦水汤汤，与君长诀！”

《西京杂记》不曾记下《白头吟》的歌辞，尽管《玉台新咏》收有这首汉代民歌，题名“皑如山上雪”，至于是否文君所作，却又是存疑的事情。《西京杂记》还说相如去世后，“文君为诔传于世”，但文未著录。《司马相如诔》收于明人梅鼎祚《历代文纪》，在后人的考证中大多将其列入伪托行列。尽管文君留下的诸多文字，《白头吟》也好，数字诗也罢，大多被认为后人附会，却丝毫没有阻挡明代学问家胡应麟在其诗歌评论著作《诗薮》中，将相如和文君推为汉代夫妇并见文名的首名。

文君曾经悲吟的《白头吟》，在后世成为弃妇文学的象征。唐代王昌龄《悲哉行》道：“勿听白头吟，人间忆忧怨。”无论如何，这段插曲是以佳话作为暂结的。“相如乃止”四字，足以证明相如被文君的文字深深地打动，打消了娶妾的念头。看起来，他们真的应该从此白头偕老了，就连最难的坎——男人的二心都成功的越过，那么还能有什么阻隔呢？如果故事在“相如乃止”四字结束，故事依然是美满的。就像很多负心的男人一样，最后仍能回到原位，从此幸福地团圆。

然而注定故事的结束在一方生命的终结。相如病了。《史记》中说以病免，居茂陵。

《史记》中没有描述文君的容貌，《西京杂记》中相如和文君的故事有两三处，与文君之美紧密联系的却是相如之病。《西京杂记》卷二在说完当垆之事后写道：

> 文君姣好，眉色如望远山，脸际常若芙蓉，肌肤柔滑如脂。十七而寡，为人放诞风流。故悦长卿之才而越礼焉。长卿素有消渴疾，及还成都，悦文君之色，遂以发痼疾。乃作《美人赋》欲以自刺，而终不能改。卒以此疾至死。文君为诔传于世。

这篇短短的文字，十足地写出了自古以来“红颜祸水”之旨。《史记·司马相如列传》和《汉书·司马相如传》俱云相如“既病免，家居茂陵”，唯《西京杂记》把这场病的来龙去脉写得明明白白。相如本有消渴旧疾，因贪恋文君美色纵欲而致疾发。虽然写了《美人赋》自我警戒，终是沉迷于美人乡而无力自拔，卒于消渴疾。所谓消渴病，就是糖尿病。古代医学多认为消渴疾与房室过劳有关。故此《西京杂记》几句话，就此将相如之死问责于文君。

诗人们对这段公案倒是充满了无限的爱情想像。杜甫《琴台》有云：“茂陵多病后，尚爱卓文君。”《杜诗详注》中仇兆鳌评曰：“病后犹爱，言钟情之至。”都是在赞美着他们“病后犹爱”的爱情。抗战期间，侯宝璋在《为司马相如的病下一诊断》中，以现代的医学观来为文君抱屈，认为消渴即糖尿病是新陈代谢失调所致，和房室无关，所谓“文君虽美，与相如之病何尤乎？”现代女词人沈祖棻所写历史小说《茂陵的雨夜》，就是取意于杜甫和李商隐的诗意，写相如和文君的故事。小说中，因为相如的病，他们分居了。这个令人缠绵的雨夜，文君渴望与相如一起，却因为爱惜他的身体而犹豫再三，最终，他们都冲破了对于生死的顾忌，不顾一切地迎合了爱情的呼唤。作者以她的诗人之眼挖掘出伟大的爱情内涵，呼应着前代诗人的赞美。

《司马相如卓文君行年考》："（相如）病免，家居茂陵，在元狩初；而其卒则为元狩五年……是相如之卒，已在五十以外，文君行年四十二矣。"也就是居于茂陵之始，文君已经三十七了。五年后，天子终于又念及相如，道是：相如病重，赶紧派人把他的书都取来，不然身后散佚甚是可惜。使者前往，相如已经病逝。问他的妻子，其妻说：相如本来就没有书，常常著书，就被人取去。长卿未死时，曾写了一卷文章，遗言若有天子使者前来即呈上。相如的遗札说的是封禅之事。再五年后，天子始祭后土，八年后方封禅泰山。这是相如的先见之明。相如的一生便也如他的汉大赋一般，曲终奏雅。

在这段史书记载中，没有出现文君的名字，这个向使者转达相如遗言的"其妻"，应该就是文君吧！这年，曾经十七岁而寡、放诞风流的文君四十二岁了。

他们的故事到这里对于当事人来说已经结束了，对于后人来说，却是一演再演。那番恨嫁的心力与勇气，每每在痴男怨女的道白中成为经典。元末明初的南戏《司马相如题桥记》，明代朱权杂剧《卓文君私奔相如》、叶宪祖杂剧《琴心雅调》、孙柚传奇《琴心记》，清代袁于令《肃霜裘》传奇、桂馥

《卓女当垆》杂剧，都是一再咏叹他们故事的曲目。

如今，四川邛崃文君井上有一对长联，联中写道：

君不见富豪王孙，货殖传中添得几行香史；停车弄故迹，问何处美人芳草，空留断井斜阳；天涯知己本难逢；最堪怜，绿绮传情，白头兴怨。

我亦是倦游司马，临邛道上惹来多少闲愁；把酒倚栏杆，叹当年名士风流，消尽茂陵秋雨；从古文章憎命达；再休说长门卖赋，封禅遗书。

这正是司马相如与卓文君一生的写照。

还将旧时意，怜取眼前人。

崔莺莺,《西厢记》中的闺阁小姐,在戏曲舞台上的光芒或许早已被善解人意、成人之美的小红娘所掩去,但她似怨似嗔地说与张生的一句“还将旧时意,怜取眼前人”——为《会真记》所记——却至今依然满蕴着现实与哲思的意味。

《西厢记》本源于元稹的唐传奇《会真记》(又名《莺莺传》)。《会真记》写张生和莺莺的爱情故事。张生保护了旅居普救寺的姨母郑氏夫人合家的生命财产,在郑氏的谢恩宴上,他对郑氏之女崔莺莺一见钟情。张生写就情诗托红娘转给莺莺,莺莺复诗约会,见了面却斥责他不仁。张生悻悻而去,不意数日后莺莺主动投怀送抱。不久张生进京备考,数月后折回再度与莺莺相会。因赴试未中，张生滞留京中，偶有书信礼物，最终以“忍情”之名抛弃了莺莺。这个故事算是始乱终弃的典范，北宋词人毛滂在咏莺莺的《调笑令》中就有“薄情少年如飞絮”的讥讽之句。以此为故事原型，金人董解元的《西厢记诸宫调》加以改造，写莺莺和张生为了追求自由爱情，无畏礼教、无视名利，最终相携出走。元人王实甫的杂剧《西厢记》中，莺莺这个“临去秋波那一转”的美人儿，总是欲迎还拒，犹疑不定。红娘敢做敢当，形象反是日渐鲜明讨喜。不论如何曲折，最终张生考得功名，抱得美人归，是满足世人愿望的大团圆结局。

唐传奇《会真记》可以说是自传性的故事。自宋代王銍、赵令畤、刘克庄，明代胡应麟、瞿佑，直到近代的鲁迅，论者都一致确认这篇作品的真实性。小说的背景事件与历史相吻合，亦和元稹本人的身世相合。更重要的是，元稹在他后来的诗歌中，是那样念念不忘地表达着对《会真记》中意境的深切怀念。在以行卷为风气的唐代，一桩引人入胜的故事往往引起举子们的感发，相与为诗为文。最先为元稹这段不了情立传的是李绅的《莺莺歌》，之后才有了元稹的传奇《会真记》。这种歌传并行的模式，和白居易的《长恨歌》之与陈鸿《长恨歌传》是一样的。

对读中唐诗人元稹的诗歌，《会真记》中莺莺和张生的故事开始变得不一样了。淡去戏曲中夺人耳目的冲突与波折，阅读的视线转回自传式的内敛书写，一段动人的情事缓缓展开。其中是真人真事的真情流露，将令人心碎的爱与痛，从故事的开端演绎到人生的结束。

元才子出身北朝的显赫家族，到了唐代中期以后渐渐家道中落。八岁时，父亲去世，他在母亲郑氏的抚养下辛苦度日。792年，也就是元稹十四岁那年，他独自赴京应试。十五岁即明经登第，二十五岁吏部登科，从此走上仕宦之路。贞元十五年(799)，二十二岁时，他遇到了崔莺莺。这应该是初恋吧，因为他以张生的口吻自诩说："内秉坚孤，非礼不可入。以是年二十二，未尝近女色。"他的好友白居易亦在《和梦游春诗一百韵》中称元稹"京洛八九春，未曾花里宿"。

元稹自明经登第后，一直在河中府任小吏。那是十一月下旬，元稹出游蒲州东郊普救寺，遇到久未谋面的中表姨母郑氏夫人携内眷暂居寺内。适逢兵乱，因为元稹与军人相识，保住了郑氏的家眷和财产。为表感激之意，郑氏夫人特意准备了家宴，叫出女儿莺莺和小儿欢郎。崔莺莺就这样登上了文学舞台。照传奇的描述，莺莺一出场就是夺目的："常服睟容，不加新饰，垂鬟接黛，双脸销红而已。颜色艳异，光辉动人。"但见她旧衣裳，美风神，淡淡妆，天然样，发髻垂眉，双颊飞红。曾经"内秉孤坚"的"张生"，就这样被摄魂夺魄了。

崔莺莺，这个唐代传奇中的人物，她的诗篇至今收在《全唐诗》里——《会真记》中的诗作居然没有挂在元稹的名下，而是出以崔莺莺之名，小说中的人物就这样还原成了历史。早有宋人通过唐代的《崔氏谱》，考证出崔莺莺即为崔鹏之女。崔鹏娶郑济女，而元稹母亦郑济女，坐实了小说人物的姻亲关系——正如传奇中所云，崔莺莺即元稹的姨表妹。

一段情殇，以诗作结，亦从诗歌开始。当红娘建议张生以诗歌情挑莺莺，张闻之大喜，"立缀《春词》二首以授之"。莺莺果然回了一首《明月三五夜》：

待月西厢下，迎风户半开。
拂墙花影动，疑是玉人来。

由此张生翻墙赴约。家宴之时，莺莺尚且要母亲三催四促才不情不愿入席。席上，任张生与她搭讪，她只是不理。这样一位矜持的小姐，究竟是什么诗打动了她？不是寻常的诗作吧，因为红娘说她家小姐“善属文，往往沉吟章句”。传奇中居然没有录下这《春词》二首，幸而有元稹的《元氏长庆集》，集中收有《古艳诗》二首，题下标有“即传所谓立缀春词二首是也。”诗中写道：

春来频到宋家东，垂袖闲怀待好风。
莺藏柳暗无人语，惟有墙花满树红。

深院无人草树光，娇莺不语趁阴藏。
等闲弄水流花片，流出门前赚阮郎。

这两首诗藏了“莺莺”二字于其中，以“莺藏柳暗”、“莺藏不语”来比喻莺莺对他的回避，而以“垂袖闲怀”来明示自己的期待。“赚阮郎”三字，是将二人的关系关合一处。己之迷惑，己之仰慕，一个“赚”就将自己为莺莺所打动的情状表露无遗。“阮郎”二字用阮郎山中遇仙的典故，自是赞美莺莺如仙之美。传奇名为《会真记》，唐代“真”便是仙女之谓。传奇与诗的情境可谓如出一辙。这两首诗既巧妙地藏了莺莺之名,又将自己的渴慕与相思,莺莺的闲婉美貌尽皆表达。难怪莺莺为之心动,迈出了追求情爱的第一步。

一夜销魂后,莺莺又杳不知所踪。传奇中说,张生赋《会真诗》三十韵,托红娘捎给崔氏。接到诗的莺莺,再次回到了张生的怀抱,不再犹疑退却。彻底打动莺莺的《会真诗》,实际上就是书写两人幽会之事的组诗。前十韵是幽会前的铺垫,写夜色之迷离,以衬心意之迷乱,更尽写莺莺如仙之美。中十韵是相会的情景,将暗通款曲之种种情境一一露骨又细腻地写来。后十韵则写莺莺离去后自己的虚空。是情是欲是爱?那一夜的缠绵成为两人刻骨的爱恋。自此他们夜夜相会西厢。传奇中的《会真诗》三十韵没有落在张生笔下,倒是在文末以元才子的口吻言称有感于此,故发文为《会真诗》。倾诉着往昔情事的缠绵与哀怨的元稹,想要隐讳自己的身份,终是收束不住笔触与心意。

元稹第一次赴京准备应考,莺莺是无怨无悔的。她只是露出些许愁怨,并不曾说些什么。元稹去了数月,又转回普救寺与莺莺再续前缘,那一段日子,他们是何等的快乐。这时,母亲郑氏也已经默许了事实。传奇里写得很简单,幸而有了元稹的诗为证,诗中回忆着那段无法忘却的情怀和种种相戏相与的细节。

元稹《杂忆诗》三首写了他们这时夜间的频繁活动:

今年寒食月无光,夜色才侵已上床。

忆得双文通内里，玉栊深处暗闻香。

花笼微月竹笼烟，百尺丝绳拂地悬。
忆得双文人静后，潜教桃叶送秋千。

寒轻夜浅绕回廊，不辨花丛暗辨香。
忆得双文胧月下，小楼前后捉迷藏。

双文，就是莺莺的叠字之说。他们享受床笫之欢，幽香暗闻。夜深人静之时，二人月下荡秋千。他们还曾在夜色轻雾下，小楼花畔捉迷藏。真是无与伦比的青春记忆！那时，元稹二十二岁，莺莺十七岁，如梦般的美好年纪，演绎着青春浪漫的情愫。在元稹的诗文中，还有直接题名《莺莺诗》的一首，诗中写道：

殷红浅碧旧衣裳，取次梳头暗淡妆。
夜合带烟笼晓日，牡丹经雨泣残阳。
依稀似笑还非笑，仿佛闻香不是香。
频动横波娇不语，等闲教见小儿郎。

莺莺的旧衣淡妆之貌，似笑非笑之容，如在目前。元稹又写有《赠双文》，将莺莺的娇憨可爱之态尽情写来。《元氏长庆集》何止留下传奇中未曾记录的《春词》二首，更有传奇之后我们所不曾知的长相忆，零零星星地补还了他们曾经青春的旖旎情爱。这种情爱，它的失去之伤，拥有之迷幻，肺腑之动容，或许借用一下宋代词人晏几道对往事的追述最为恰切不过了："考其篇中所纪悲欢合离之事，如幻如电，如昨梦前尘，但能掩卷怃然，感光阴之易迁，叹境缘之无实也。"

第二次离别，令张生叹息不已。内敛如莺莺，恭貌怡声，缓缓说道："始乱之，终弃之，固其宜也。"莺莺就这样直面了感情的终结：始乱终弃，本无不可，我不敢恨你。如果有始有终，自是你的恩惠，那么一段山盟海誓也算有了依约，如今分别又何必苦伤？可是你如此惆怅，我实在没有什么可以安慰你的。你常说我善于弹琴，从前羞惭，不敢在你面前弹奏。如今你就要远行，就满足你的愿望吧。于是莺莺操琴，弹起《霓裳羽衣》序。很快琴声零乱，莺莺泣涕如雨，舍了琴，疾步离去。左右之人都唏嘘不已。

一段生离，终是生平再未相见。

第二年，传奇中的张生和元稹一样应考失败，再留于京城。他写来书信，附寄了发饰和胭脂水粉之物，以宽莺莺之意。莺莺回书一封。传奇用四分之一的篇幅保留了莺莺的书信。信中说，虽然蒙您的美意，送了我这些胭脂水粉，可是女为悦己者容，我如今为谁妆容呢？你在京中固当好好用功，我这鄙陋之人，只好永被弃却。命当如此，夫复何言。自去年秋天以来，常常觉得若有所失。喧哗之下，不过勉为笑语，清夜独居，无不涕零。梦寐之间，亦是离忧之苦思。幽会未尽，而梦魂已断。如果你有幸不忘记我们的誓约，则有始有终。自荐枕席，终不能定情成就名分，失身之恨，含叹何言。如果你坚守我们的爱情，我即使死了也是虽死犹生。如果你以为盟誓可欺，那么即使我形销骨化，一股丹心也绝不泯灭，仍然随风附露追随在你的身边。“千万珍重，珍重千万。”莺莺信中这八字肺腑之言，真是下得又痛又爱，哀怜又无奈。

杨巨源与元稹相交多年，看过莺莺的书信后，不禁感动其情，为之作诗：

清润潘郎玉不如，中庭蕙草雪销初。

风流才子多春思，肠断萧娘一纸书。

事情到了这里，再没有可挽回的余地。传奇中，张生是这样为自己辩护的：莺莺之美，足为尤物。纣王、周幽王尚为宠爱妲己、褒姒亡国，何况我的德行，既不能胜，是用忍情。贞元十九年(803)，也就是元稹和莺莺分别三年之后和韦丛新婚不久，他写下了《古绝决词三首》。以古乐府的形式，借牛郎织女星一年一度才得相见的长相思，道尽他和莺莺的委曲。第一首借女子之口吻，表达对久思不得其见的怨恨；第二首借男子语气表达相思之意和唯恐美人被别人攀折的猜忌；第三首是议论，说既然两地相思，空劳心力，不如就此绝情。是自释还是自解？终是一段无法释怀的自责与牵挂吧。

传奇的最后一笔，便是莺莺拒绝与张生相见。

那时，张生另娶，莺莺别嫁。张生路过莺莺家，以表兄之名索求一见。

莺莺拒绝。于是出现了八个字，张生“怨念之诚，动于颜色”。一个以“忍情”之名抛弃莺莺的男人，怎能在人前表现出为了不得相见而动于颜色？从文学塑造上来讲，这八个字本可以省却，何需虚构一个晓得“忍情”大义的男人的难堪与低首呢。它们出现在这里，只是为了一口气，是无论张生还是元稹终究咽不下去的一口气的情不自禁，是对曾经言不由衷的“忍情”的彻底反动。一个男人，深信一个女人曾经爱过他，或许仍然爱着他，怎么可以忍受她决绝至此？其中的愤懑与怨念岂是“忍情”二字可以掩饰的。“忍情”，着实不属于张生，更不属于元稹。

莺莺得知张生的“动于颜色”，于是偷偷地回复了一首诗：

自从消瘦容光减，万转千回懒下床。
不为旁人羞不起，为郎憔悴却羞郎。

后数日，张生将行，莺莺又赋一章谢绝辞别：

弃置今何道，当时且自亲。
还将旧时意，怜取眼前人。

莺莺曾经那样哀惋地希望成就这段姻缘，可是终究成了露水情缘。

张生或者元稹，如果真的放浪不羁，真的可以忍情，将莺莺视为尤物，为何苦苦地想见她一面？是男人的虚荣，还是真的不曾忘却？这一个小小的细节终于将张生或者元稹的痴与怨落在笔下，逃不出千年来情字的桎梏。原来，真正赢却这段感情的，不是张生或元稹，而是莺莺。她真的忍情了。她深知他对她永生不能忘怀的爱，不然何以那样明确地劝他“还将旧时意，怜取眼前人”？传奇以外，不曾再有这个绝美又聪慧的女子的笔墨和交代。于是，人们只能看到元才子渐渐老去，经历三段婚姻，历经仕途坎坷，还时时深情地回忆着青春的那段恋情。就如同陆游之于唐婉，爱恋到生命的最终。

很多年后的元和十四年(819)，也就是他在普救寺见到十七岁的莺莺之后的二十年，元稹的发妻韦丛、续妾安仙嫔都已经去世。元稹走上政治权力中心不久，又再遭下放。他携第二任妻子裴淑乘舟前往任所，路上裴淑为了宽慰元稹，为他弹琴。这一幕让他深深地记起了与莺莺分别之时，莺莺不能终曲，泣涕如雨拂琴而去的情形。元稹终夜未眠，清晨的钟声不可抑制地激起了他对他和莺莺在普救寺西厢共度的美好夜晚和情思的追忆。他提笔写下了《春晓》一诗：

半欲天明半未明，醉闻花气睡闻莺。
猧儿撼起钟声动，二十年前晓寺情。

是莺啼唤醒了他对往事的记忆，还是莺莺二字在心里重生？是宿醉本在半梦半醒之间，还是终夜未成眠？下两句终是直陈心底最痛最深的记忆。钟声恍然若惊，就仿佛时光流转，回到了二十年前的普救寺。那时他

（明）仇英　人物故事图

碧云天，黄叶地。西风紧，北雁南飞。晓来谁染霜林醉？总是离人泪。

——《西厢记》

是和莺莺合衾同眠的吧？诗就此打住了，诗后的留白是那缠绵不尽刻骨铭心的痴缠爱恋。晓寺钟声，对于元稹来说是这样富有意蕴。就像沈园的点点滴滴，都会激起陆游对唐婉的追忆。830年，元稹五十二岁，暴卒于鄂州任所。此前一年，元稹在《鄂州寓馆严涧宅》中还写道："何处最是思君处，月入斜窗晓寺钟"。晓寺钟声，是他们曾经幽会的每一个暂别终点。而那一刻满怀的不舍与期待，在此时终已成空。"曾经沧海难为水，除却巫山不是云。"也许，元稹《离思诗》中的这一句是这段不了情最为中肯的评价。

当后人将《会真记》越来越小说家言的时候，从《西厢记》中走出来的莺莺和张生已不再是元稹笔下无奈又痴情的青年男女，他们成了反对封建家长，冲破层层阻力争取自由婚姻的代表。在越来越现代的戏曲改编中，他们甚至成了红娘的点缀。当大团圆的结局走向舞台，人们喜悦着有情人终成眷属的时候，莺莺和元稹的绝世之恋和绝世悲情早已消解殆尽。弃却了《西厢记》对于故事原型的改造，却还是喜欢王实甫那句著名的曲子：

碧云天，黄叶地。西风紧，北雁南飞。晓来谁染霜林醉？总是离人泪。

宁可抱香枝上老，不随黄叶舞秋风。

1182年，是南宋孝宗淳熙年间。落魄文人魏仲恭流宕在湖南武陵一带。旅舍中的好事者常常传诵着一个女子的词。他每每偷偷地听着，觉得这些词清新婉丽，能把人心中的情事一一道尽，真是令人一唱三叹，不能释怀。更何况这个女子的遭遇非常不幸。因为父母失审，嫁到市井民家，一生抑郁不得志，抱恨而终。魏仲恭为之感慨万端，于是将她的残稿收集起来，以其一生不幸命名为《断肠集》。她，就是和李清照比肩而论的词人朱淑真。

朱淑真是个身世如谜的女子，就连大致的生年朝代都有争议。有的记作元人，有的说生在北宋，更大多数学者将其定为南宋人。她的出身亦有极大的分歧。有的给了她显赫的谱系，称之为朱熹的侄女；有的人认同她出身于普通民家。绝大多数人云亦云的书本这样写道：朱淑真号幽栖居士，钱塘人，博学多才，所嫁非偶。

她的少女时代住在杭州，家庭亦是殷实的仕宦人家。她的词中处处写着东园、西楼、水阁、桂堂等，至少是有着自家园林的。四时变换，她在庭园中亦随之写下诸多春花秋月的节令吟咏篇章。某年某月，朱淑真受父母之命出嫁了。据说她的丈夫出身市井，二人志不同道不合。朱淑真努力弥合过他们之间的距离，她曾经示好地写过《贺人移学东轩》、《送人赴试礼部》，以此来鼓励丈夫好好读书，积极应试。丈夫没有如愿考上进士，只谋求了个小官。他完全不能理解朱淑真的风雅诗意和情趣，二人裂痕日深。朱淑真遂写《黄花》诗"宁可抱香枝上老，不随黄叶舞秋风"以表决绝，就此回到娘家，结束了她乏味的婚姻。

朱淑真不甘心，她仍然要寻找她的知音和感情寄托。于是她不顾旁人的眼光和世俗的约束，与情人相爱了。前辈学者缪钺以其《对雪一律》"更念鳏居憔悴客，映书无寐奈愁何"推断那是一个鳏夫。朱淑真是这样恣情地记下他们相爱的点滴，她在《清平乐·夏日游湖》中写道：

恼烟撩露，留我须臾住。携手藕花湖上路，一霎黄梅细雨。

娇痴不怕人猜，和衣睡倒人怀。最是分携时候，归来懒傍妆台。

两人相携漫步在藕花深处，忽然飘起一阵黄梅雨。这雨不但打不散鸳鸯,反而更增情趣。情到浓时,他们哪里在乎猜忌的目光。诗人娇嗔痴语,和衣睡倒在情人的怀中。曾经,这句露骨的表白被改成"随群暂遣愁怀"。那么坦坦荡荡的情致就这样被守礼的文人们抹杀了。然而掩不住的,还有末句"归来懒傍妆台"的慵懒,吐露着婚外之情的款曲。虽然曾经柔情蜜意,可是终于好景不长。她与情人欢好的诗词不过留下两首,剩下更多的便是思念和幽怨。

她伤春。《蝶恋花·送春》道:"楼外垂杨千万缕,欲系青春,少住春还去。……把酒送春春不语,黄昏却下潇潇雨。"落花时节,她在《书窗即事》中叹道:"一阵挫花雨,高低飞落红。榆钱空万叠,买不住春风。"留不住春风的悲哀,正如留不住斯人的痛楚。

她恨别。《恨别》诗中说得清清楚楚:"别后大拚憔悴损,思情未抵此情深"。想忘却仍难忘,《江城子·赏春》写梦中相见,无言以对。醒来愁恨依然,一夜辗转无眠,终恨出一句"天易见,见伊难"。七月七日的鹊桥相会之日,朱淑真应景地写下《鹊桥仙·七夕》。尽管北宋的秦观早已唱出"此情若是久长时,又岂在朝朝暮暮",朱淑真却守着本心,针锋相对地说"何如暮暮与朝朝,更改却、年年岁岁",炽热地表达着对长相厮守这种世俗幸福的渴望。

她寂寞无依。《生查子》"寒食不多时"写寒食刚过,了无寻春意绪,就连秋千也无心玩耍。诗人病中,却不写为何而病,终句只落得"不忍卷帘看,寂寞梨花落"。是伤春,更是自伤寂寞。《减字木兰花·春怨》更在句首连用五个"独"字:"独行独坐,独唱独酬还独坐。伫立伤神,无奈轻寒著摸人。"直写尽春情寂寞。春女悲，思当嫁。秋日寥落，益增愁思。《菩萨蛮》写"秋声乍起梧桐落"之际，诗人不免"独倚小阑干"，深感"逼人风露寒"。秋深时节，索性言明"凤帷寂寞无人伴"。这番寂寞，怎说得尽！

朱淑真喜欢写节令诗词，也许是因为每种节日的欢乐背后，都更能刺痛情感的细微之处。她最著名的作品《生查子·元夕》写的就是元夜，即正月十五。

去年元夜时，花市灯如昼。月上柳梢头，人约黄昏后。

今年元夜时，月与灯依旧。不见去年人，泪湿春衫袖。

元夜是宋代最令人神往的节日之一。夜晚时分，全城火树银花，男女老少都出来贪赏节日风光。摩肩接踵，以致路上经常遗落下人们的各种物件。所以有一种营生叫扫街，就是在人们散去的夜阑深处，专意捡拾人们的失物，据说收获颇为可观。正是在这样一个热闹非凡的节日，诗人和她的情人有约。曾经无比欢乐的相会，可惜好情好景不可再来，唯有泪湿春衫。全城狂欢的浓烈，愈发衬得诗人的孤单和寂寥。

这首词是朱淑真最富盛名的作品，其著作权却历来有所争议。杨升菴《词品》云："词则佳矣，岂良人妇所宜邪？"一语道破这首词的微妙之处。它挂在欧阳修名下自是文人风流，而寄名女性，自是放荡无行的证据。元人陶宗仪《辍耕录》卷二十七"杂剧曲名"中提到"近世所谓大曲"，其中便记有朱淑真《生查子》。既然元人已经将其列入朱淑真名下，或许应该确系她的作品吧。朱淑真还另有二首题为《元夜》的诗，与此词亦颇可相互映证。

月满今宵霁色澄，深沉帘幕管弦清。
夸毫斗彩连仙馆，坠翠遗珠满帝城。
一派笑声和鼓吹，六街灯火乐升平。
归来禁漏余三四，窗上梅花瘦影横。

这首诗是无关自我的元夜，作者作为节日的观赏者，分享节日之表的盛况与快乐。她平心静气地描写月色之美，管弦之乐，士子们逞才的情状。也许只有最后一联，才以那一枝横在窗前的寂寥的梅，淡淡地写出心中那分悠然与孤傲。三首作品同写元夜，感情基调却差之千里。另一首《元夜》则仿佛是为《生查子》词所作的注脚：

火树银花触目红，揭天鼓吹闹春风。
新欢入手愁忙里，旧事惊心忆梦中。
但愿暂成人缱绻，不妨常任月朦胧。
赏灯那得工夫醉，未必明年此会同。

这首诗写得快乐又恣肆，节奏感明显比前首无关痛痒的应景节令诗要明快许多。也许是心里那份浓烈的欢快带动着情绪的表达。在火树银花这样丰富的色彩中，她看到的只是触目的红；比起前一首那淡淡的春意，这篇中春的气息如那“闹”字的登场，显得如此炽热。她的新欢也是她的旧爱，不然如何有“旧事惊心忆梦中”之说。二人缠绵恩爱，希望月色朦胧藏起他们的私情。花灯虽美无暇去赏，因为他们唯恐好景不长，必须毫不迟疑地抓住眼前的一切，所谓“未必明年此会同”。因为这首诗的存在，人们便把末一句作为直指《生查子·元夕》“不见去年人”的铁证。一语成谶！

其实朱淑真的故事没有一个确定的版本，学者们不断考证，但总也得不到所有人的认同。后世关于朱淑真的资料零零星星。朱淑真不仅善诗词，亦善画红梅翠竹。明代画家杜琼在其《梅竹图》上题道：“观其笔意词语皆清婉……诚闺中之秀，女流之杰者也。”明代画家沈周在《石田集·题朱淑真画竹》中道：“绣阁新编写断肠，更分残墨写潇湘。”如今，朱淑真的画都不存了。至少那曾经流动在诗词里的感情和纠结是真实的，至于它们属于哪一段故事、故事发生的哪一个阶段，是很可以展开丰富的想象的。但无论如何，诗词内蕴的情感是千百年下抹不去的真实，至今令人回味。

朱淑真才色冠绝一时，一生追求知音，可惜终如魏仲恭《断肠集序》所说：“每临风对月，触目伤怀，皆寓于诗，以写其胸中不平之气，竟无知音，悒悒抱恨而终。”“所嫁非偶”四字用在她身上最是恰切不过。她不止一次在诗中表达着怨艾，道是“门前春水碧如天，坐上诗人逸似仙。彩凤一双云外落，吹箫归去又无缘”、“东君不与花为主，何似休生连理枝。

“纵有风流无处说，已输汤饼试何郎”，真是怨天无由。在她身后，其不幸遭遇却成了才子们寄情之处。明人徐熥《香闺七吊诗》伤其“知音难遇有情郎”，明初昆山人史谨《题朱淑真断肠集》更叹其“新诗释闷肠堪断，香骨埋泉恨未消。”

曾经人月两团圆的中秋，朱淑真倾听着幽怨的笛声，独自品味着着内心的寂寞。写下《中秋闻笛》。她问是谁家吹起这笛声，令人分外伤别。转而一想，何必怨人呢，所谓“自是断肠听不得，非干吹出断肠声。”断肠，正是她对内心之痛的陈述。她辞世数十年后，魏仲恭之所以命其集为《断肠集》，怕是早已深深体会了她内心的痛楚。

觅知音而终无，倘若没有这份才华，不曾有抒写的情怀，也许她这一生不会如此纠结痛苦。张行中题其诗集，即尖刻地说：“女子风流节义亏，文章惊世亦何如？”并且劝勉那些渴望娶才女为妻的书生们：“丈夫莫羡多才思，宋女不闻曾读书。”明人林俊在《题朱淑真像》中的表达则委婉许多，他说“垂杨送尽莺莺老，不得同依燕子楼。”燕子楼里的女子，自来就是从一而终、洁身自好的象征。在诗人语意中，朱淑真自是那不守妇德的莺莺燕燕，如何能像燕子楼中的女子，一生守节不亏？

朱淑真何尝不明白女子无才便是德？她少喜读书酷爱文学，曾自称“翰墨文章之能，非妇人女子之事，性之所好，情之报钟，不觉自鸣尔。”她在《自责》诗中写道：

女子弄文诚可罪，那堪咏月更吟风。
磨穿铁砚非吾事，绣折金针却有功。

她也想做个满足于女红的小女子，可是她无法忽视内心的声音，那是自然而然、不可抑制的流动，而她正好有灵动的笔，于是记下种种心曲。那里有她的青春欢乐，有对婚姻的不满，也有相思的怨艾。总之，她的笔是如此忠实于她的内心世界，展示了才华，也罗列了罪名。

朱淑真活着的时候，整理了自己的诗词集，时时玩赏修改，聊以度日。她在《写怀》诗中道："孤窗镇日无聊赖，编辑诗词改抹看"。魏仲恭《断肠诗集序》称"其死也，不能葬骨于地下，如青冢之可吊，并其诗为父母一火焚之。今所传者，百不一存，是重不幸也。"人们由此推断她是投水而亡。她死后，她的文稿被父母付之一炬。为人父母的心情，是否正如黛玉焚稿的绝望？

朱淑真落笔最长的或许是《璇玑图记》。前秦才女苏蕙嫁给窦滔，窦滔十分爱重苏蕙的才色。窦滔有宠妾赵阳台，苏蕙出于妒忌时常虐打，赵阳台遂在窦滔面前诋毁苏蕙，窦滔于是带阳台赴任而去。苏蕙悔恨自伤，织成841字的五色回文璇玑图送给窦滔，其中回环往复千余首诗。窦滔感其妙绝，二人重修旧好。苏蕙一定是朱淑真非常艳羡的古代女子，无论丈夫如何背弃，但至少他能读懂苏蕙的璇玑图，并且被它们深深打动。这是多么难能可贵的精神世界的契合！当父亲把《璇玑图记》卷轴送给淑真的时候，或许她的心里便已经许下了某种她一生也无法达成的愿望。于是，所嫁非偶成为一生痛苦的根由。

王士祯在《池北偶录》中，记下了他曾经见到的朱淑真手书一卷《璇玑图记》，称其字法妍妩。这篇《璇玑图记》记于"绍定三年春二月望后三日"，署名"钱塘幽栖居士朱氏淑真"。这个故事可信亦可疑，可信在于它符合朱淑真的情感历程,可疑的是“绍定三年”。绍定三年即1230年,而魏仲恭的《断肠集》早已于1182年编定。似假还真的地方在于,《璇玑图记》上方还印有“璇玑变幻”四字小篆,如梦如幻。

也许是因为这段渊源,民间便也传说了类似旨趣的“圈儿词”故事。说是朱淑真曾经写了一首圈儿词寄给丈夫,信上没有字,只有圈圈点点。丈夫不解其意,后来才在书缝中发现了一首相思词,词中道:“相思欲寄无从寄,画个圈儿替。话在圈儿外,心在圈儿里。单圈儿是我,双圈儿是你。你心中有我,我心中有你。　　月缺了会圆,月圆了会缺。整圆儿是团圆,半圈儿是别离。我密密加圈,你须密密知我意。还有数不尽的相思情,我一路圈儿圈到底。”据说其夫看了词,便即刻归家来会淑真。

其实,无论故事的真假,苏蕙都并不值得朱淑真羡慕。因为没有人知道这样挽回的爱情是否真的能完美如初。更何况,朱淑真身世如谜也好,所嫁非偶也罢,她留下了一部《断肠集》,是她心意的表白、真情的流露,千年以下还常常代表着人们的心曲。从来诗歌的根本标准是“在心为志,发言为诗”。那一纸极尽巧妙的璇玑图,可以凑出多少首诗又如何?诗非发自真心,不过是文字游戏罢了。陈廷焯《白雨斋词话》卷二评“朱淑真词才力不逮易安,然规模唐五代,不失分寸。”魏仲恭《断肠诗集序》称朱淑真作品“清新婉丽,蓄思含情,能道人意中事,岂泛泛者所能及。”这些中肯的评价都说明,真情,便是朱淑真在模糊的身世背景下留给后人的最大财富。

（明）仇英　临宋人画

朱淑真，号幽栖居士，博学多才，所嫁非偶。

春容不是，秋容不是，可是双卿？

汤显祖的《牡丹亭》在明清两代传唱大江南北，文章风靡闺阁。其中有一位家居杭州的小青，她曾在孤灯下感慨着杜丽娘的生生死死随人愿，写下了“冷雨幽窗不可听，挑灯间看牡丹亭。人间亦有痴于我，岂独伤心是小青”的绝句。这伤心的小青当时正孤零零地居住在孤山畔，她被正室逼出门庭，独居于外。正室扬言，没有她的许可，她们共有的丈夫来了不可以开门，写的书信也不可以收下。于是，十六岁的小青，空有如花的美貌，身负绝顶的才情，却无人倾述她的感情，过着枯寂如青灯畔的生活。她的至友劝她离开这了无生趣的家庭，小青却说这便是她的命。终于，十八岁的小青在幽愤中死去。死后，正室撕掉了她的画像，烧毁了她的诗篇，唯有她寄给至友和赠给老仆的十二篇诗词得以保存。

才高命薄又认命的小青遂成为一个传奇,记录在冯梦龙的《情史》卷十四中。

朝代更迭,女人的命运出现了惊人的相似。又一个才高命薄的女人被人们关注,同样嫁给了粗俗的丈夫,过着不堪的家庭生活,却有一枝彩笔润色诗词。她们都是如此早慧,无师自通而虔诚地信奉《心经》,同样甘于命运。贺双卿的出现,是近现代词学研究的新视野。她富有才华,经常在树叶上题写诗词,深得文士的赞许。她的可贵在于,她是真正以农民身份记录农家生活,而不是隐者笔下的优美田园。

双卿十八岁时嫁给了周姓农民。她在家中备受欺虐,身患重病,却一味顺夫孝姑,埋头做活,自认苦命而已。她不是诗意的浣衣,而是在冰冷的水中清洗着一冬积攒下来的衣物,直洗得手腕酸痛。在农忙的收获季节,她要收晒棉花,收拾稻穗,打谷看场,还要负责平时的洗衣做饭,常常忙得腰酸背痛而不得休息。何况她还有疟疾,常常在昏沉之中发作。渴了没有热水喝,只能捧着河水饮两口。就是这样,婆婆还要嘲笑她懒。晚上,丈夫和婆婆都去沐浴,唯她一人看场,如《西青散记》中所说:“月黑风起,犬声寥寥”,而她一人独坐束草。病体缠绵之下的辛苦劳作,也许只有她自己深知其中三昧。她在夫家人面前从来不敢辩白,心里的苦楚唯有倾之于词。《孤鸾·病中》道:

午寒偏准,早虐意初来,碧衫添衬。宿髻慵梳,乱裹帕罗齐鬓。

忙中素裙未浣，褶痕边，断丝双损。玉腕近看如茧，可春腮还嫩。

算一生凄楚也拚忍，便化粉成灰，嫁时先忖。锦思花情，敢被爨烟熏尽。东菑却嫌饷缓，冷潮回、热潮谁问？归去将棉晒取，又晚炊将近。

这就是她一天生活的写照。上午病发时全身忽冷，头发也没有好好梳就匆忙出门干活。手上都磨起了茧子。做完午饭给丈夫送去，他只是嫌迟，对她的身体却全不过问。下午发热时，她还要赶回家晒棉被，接着做晚饭。从早忙到晚，没有人顾惜她的身体，只有嫌她做的不够好不够多。下阙的第一句真是有入骨之痛：就算一生如此凄楚也就忍了罢，毕竟木已成舟。可是她还是后悔的，后悔当初为何出嫁前没有想清楚。

双卿身体不好，却仍要勤耕苦种。撑过了秋收，冬季又要忙于日常家务、晒衣服、织布、纳鞋。丈夫是无所事事的，冬天里只知道抱着炉子喝酒。双卿就在一边端着酒侍奉着，时而嘘寒问暖。她的付出像个无底洞，可惜丈夫、婆婆却没有人领她的好，相反对她极尽苛责。一天，双卿舂谷累得气喘吁吁，于是抱杵而立稍事休息。丈夫怀疑她偷懒，将她一把推倒在臼旁。杵顿时砸在她的腰上，砰然有声。双卿不敢有怨言，忍痛爬起来继续舂谷。又有一次，双卿做粥，不意疟发，没有注意到粥水溢出。婆婆大怒，扯着她的耳环让她出去。耳环脱松，血染一肩，双卿不禁掩面而泣。婆婆不仅没有怜惜之意，反而更加光火，拿着木杓打她，喝斥她。双卿唯有自己默默擦去血迹。这个中午，因为她煮溢了粥水，丈夫禁止她吃饭。双卿是如此认命和委曲求全,对于不公的待遇,她含笑以对。

也许在一个农家看来,健康的身体、吃苦耐劳、能生会养才是好媳妇的标准。至于能书会写,静修礼佛,都是中看不中用的奢侈品。双卿会写诗如何,美丽又如何?她的丈夫并不欣赏这一切。夫家不仅不通文墨,而且鄙视文化。他们看不上双卿在那里写写画画。元夜,婆婆从外面回来,看到双卿正在厨房就着灶灯夜读《楞严经》,愤而夺下经书斥骂双卿:"半本烂纸簿,秀才覆面上且穷死,蠢奴乃考女童生耶?"丈夫看到她偷偷地洗砚台,不禁怒骂,认为做这种无用之事真是浪费时间和精力,还不如弄些煤块可以肥田。在形而上的风雅颂与形而下为生计之间的斗争中,双卿一败涂地。

生存在这样格格不入的家庭,生活得如此辛苦而残酷,双卿却有源源不绝的诗心和情趣。也许是因为她的周围还有朋友的爱惜、文人的痴迷、主家的宽容,相互唱和的风雅,都给了她点点滴滴的精神补液,让她得以在贫困的物质条件、粗暴的家庭中生活下去。这大概是她和小青最大的不同,也是她较之于小青最大的幸运。小青只有一位挚友,但很快也到了远方,从此小青连个说话的人儿也没有,只能独自吞咽着种种苦楚。

双卿有好友韩西。虽然她们相处的时间不长。双卿嫁来不久,韩西也出嫁到别处。但韩西偶尔回来省亲时,她们还是相互扶持。韩西见双卿抱病舂米汲水,便经常帮助她做些体力活。双卿发病时,她就坐在床边为她哭泣。尽管她不识字,但见双卿爱书,就请求双卿为她抄写《心经》,教她诵读。好友的深情厚谊让生活在冷酷家庭中的双卿备感温暖,然而聚散终有时，韩西要回夫家了。临行前，韩西的父母为她饯行，也招呼双卿一起。不料双卿病发，不能前往。韩西也不吃饭了，她亲自将食物分好，包裹起来送给双卿。好友的离去让双卿如此不舍，难捱的岁月将如何独自打发？双卿目送着韩西远去的背影，在凄清的夜里黯然神伤，写下了《凤凰台上忆吹箫·赠邻女韩西》：

寸寸微云，丝丝残照，有无明灭难消。正断魂魂断，闪闪摇摇。望山山水水，人去去，隐隐迢迢。从今后，酸酸楚楚，只似今宵。

青遥。问天不应，看小小双卿，袅袅无聊。更见谁谁见，谁痛花娇？谁望欢欢喜喜，偷素粉，写写描描？谁还管，生生世世，夜夜朝朝！

幸而除了韩西，作为佃农的妻子，她还有宽容的主家。她家的田主叫张梦觇，佃农们呼之为官人。官人体恤她的劳作，欣赏她的才华，并且帮助她和文人们相与酬唱和交往。官人不仅多次吟咏双卿的美貌，还让他的使女和幼弟帮助双卿传递诗作。他大概算是双卿真正的家长吧，保护她，爱惜她，认识她真正的价值。所以在《西青散记》中，文士恽宁溪就大加赞赏张氏兄弟的功绩，所谓“天不置双卿于他所，而托君宇下，以能善全之也；倘非君是依，不且如好绵投荆棘刺乎？”意思是如果没有张官人的庇佑，双卿的命运岂不就是形同生活于遍布荆棘之处了。

也许，双卿最为重要的精神力量还是来自周围贫困文人们对她的沉迷。在他们身上，她得到了身为女人应得的呵护和爱怜。“情痴”怀芳子深深地迷恋上双卿,他和双卿之间曾经有过一些暧昧。在文字交往中,双卿既嘲笑怀芳子,又为他的震怒而伤心,甚至说出了“此生不愿识书生面”的气性话。结果怀芳子不仅道歉,还请画师给她画画作为赔礼。落魄才子赵闇叔号“痴仙”,他对双卿的爱也是如痴似狂,他成千遍地吟咏双卿的词,在双卿家门前徘徊不尽,以致神思颠狂。这些文人以爱以尊重滋养着双卿干枯的心床,让生活在苦难中的双卿感觉到作为女人的价值。她对他们也是竭尽所能加以体恤。怀芳子没有冬衣,她便请官人的幼弟代为传送,把他的衣服拿来铺上丝棉。《西青散记》的作者史震林长期患病,她亦投诗以寄慰问之情。

双卿美貌多才,其夫不欣赏,自有别人为之倾倒,但都被双卿严辞拒绝。富商也好,短工也罢,她都一概痛斥而去。双卿写诗,却努力避免它们的流传。她写诗词用叶不用纸,用粉不用墨。因为叶易败,粉易脱。这样写的文字既有发抒之功用又不会保留成手稿,随生随扫。她渴望精神上的支持,却坚定地将男女之情划定在“发乎于情,止乎于礼”的范畴。哪怕是意气相投的痴情文人,双卿也是极尽挖苦和讽刺之能事加以回绝。她既嘲弄怀芳子“欺粉蝶”、“骗黄鹂”,又讽刺赵闇叔“狂风八月舞杨花”、“一夜花神又费忙”。这时候,她倒是常常把她粗鄙的丈夫称为仙郎,自夸和谐,所谓“家鸡双宿笑栖鸾,比翼齐肩并紫冠”(《和白罗诗》)、“仙郎一字,胜怀不夜之珠”。

小青和双卿,都是这样固执的洁身自好。小青的挚友曾经灌醉了正室,拉着小青站在船顶的风中说着体己话。她和双卿的邻居曾经提出过同样的建议,既然生活于这样的家庭,为何不另觅欢爱?小青和双卿都以认命的无奈拒绝了。双卿的邻居继续追问,既然如此,为何又任诗文流播于外人呢?双卿的回答几乎和小青写给至友的信如出一辙。她说文字之所出,不是她特意为之,而是诗句们自然而然地涌现出来。这种纯然相同的言论,使后代学者们困惑于人物究竟是文学性的因承还是百年之下的偶然。

在双卿苦心维持的自我形象中,严守礼法是原则之一。哪怕她心中不能不怀有对婆婆丈夫的怨艾,但她落在字里行间的心里话,仍是极大的抹去了愤怒的力量。陈廷焯评其词即道:"双卿词怨而不怒,可感可泣。"哪怕是这样怨而不怒的情绪,双卿也是免不了时时自责的。她在《与舅氏书》中写道:"双卿无德,诚不能不怨;怨而不忍厌其夫,双卿可自信也。"不能无怨,但至少克制自己不讨厌丈夫,这是双卿聊以自慰的道德底线。所以她不止一次为她粗暴的丈夫说好话,即使别人是出自对她的回护而攻击其丈夫、婆婆,她都会予以坚决的反击。可是,她的真心不是已经在词牌中说得这样明白了么?《孤鸾》,她何曾把她那粗鄙的丈夫真正纳入过她的精神生活?她接受命运给她安排的一切,可是骨子里她只认同她是只孤鸾。

双卿的清高自守更激起文人们的无限仰慕,他们请来画师为双卿作画。双卿在柳下浣衣,扶风之姿或如西施浣纱。画家张石邻从侧面窥视之,然后再从正面经过平视她。面对不知情的唐突,双卿回避了他的逼视。张石邻说:"得之矣。虽然,风致淡冶,可描也,凄隐之意在有无中,特难耳。"后来这幅《浣衣图》流传四方,受到了各地文人的礼拜和题咏。他们甚至还打算在双卿浣衣处建一座浣衣亭，作为绡山的风标。

后世学者说，这就是一群围观的目光。扶病的双卿宛若在舞台上劳作，种种不胜娇弱之状激起文人们的爱惜与咏叹。双卿，究竟真有其人还是男人审视下的再创作，这是伴随着双卿昂然步入清词史的过程中一直存在的争议。

1723—1736 年间，史震林的《西青散记》描述了这个名叫双卿，才色双美而又婚姻不幸的女子。1873 年，黄韵珊编撰的《国朝词综续编》写道："贺双卿，字秋碧，丹阳人，金沙绡山农家周某室，有《雪压轩诗词集》。"贺氏是丹阳的名门望族，族中女诗人辈出。双卿从此明确了贺氏之姓，有了书香世家的门第。1891 年，著名词论家陈廷焯在《白雨斋词话》中赞双卿词"忠厚缠绵，幽冷欲绝"、"其旨幽深窈曲，怨而不怒，古今逸品也"。

双卿从野史稗钞中走来，如今俨然屹立于文学史，甚至开始拥有"清代第一女词人"的美誉。正如清人黄燮清的赞美："双卿词如小儿女，哝哝絮絮，诉说家常。曲曲写来，头头是道。情真语质，直接三百篇之旨。岂非天籁，岂非奇才，乃其所遇之穷，为古才媛所未有，每诵一过，不知涕之何从也。"

然而胡适斥责双卿纯为小说人物，因为《西青散记》的其他篇目就像聊斋夜话一样，是文人虚拟的才子佳人。在《西青散记》十三年的记录中，双卿事迹有十则。《西青散记》的作者史震林和他的朋友们都是一群边缘文人，他为他那个圈子里的文人记录事迹，其中也经常记些"娟娟仙子"、"碧夜仙娥"、"白罗天女"、"清华神女"一类的神仙姐姐。他说："眼中无美人，意中须有《洛神赋》"。曹学诗在《西青散记》序中说得更其分明：

（清）金农　纺车图

一个普通的农家妇，却有着与其身份不匹配的旷世才情，是喜？是悲？

> 即有生以来，未尝一见佳人之如何艳，如何慧，如何幽，如何贞，而心中口中，梦中病中，笑中哭中，亦未尝须臾而不悬想一绝世之艳，绝世之慧，绝世之幽，绝世之贞者也。……即悬想者，人间天上皆无如是绝世之佳人，而心中口中，梦中病中，笑中哭中，魂阳格天，魄阴动地，天地亦将为之特生一绝世之佳人以慰之报之者也。

何况史震林亦曾明言："人生须有两副痛泪，一副哭文章不遇识者，一副哭从来沦落不遇佳人。"正是基于史震林的创作逻辑，加上文中双卿写给作者的信直说"夫双卿犹梦耳"，使胡适认定，双卿便是这班穷酸才子在白昼做梦时"悬想"出来的"绝世之艳、绝世之慧、绝世之贞"的佳人。

双卿其人其事的真真假假，实在是令人莫衷一是了。

很多年后，史震林在给友人的信中写道："绡山浣衣，病不复起，感慨人，感慨事，半在闺中，半在梦中也。""髻峰之下，绡山在焉，浣衣亭尚夕阳耳。"种种物是人非、情随事迁的感慨，又分明依稀似真。清代文人曾经叹之曰："嗟呼双卿，是耶非耶？其人都在想象有无间，而《散记》之笔墨，则已极飘飘欲仙之致矣。"这一切又恍然如双卿的《湿罗衣》所写：

> 世间难吐只幽情，泪珠咽尽还生。手拈残花，无言倚屏。　　镜里相看自惊，瘦亭亭。春容不是，秋容不是，可是双卿？

"春容不是，秋容不是。可是双卿"？是耶非耶？考证不清。

肆

风流

易求无价宝，难得有情郎。

诗谶，是非常奇妙的事情，对有心人来说，又是很可敬畏的事情。唐代诗人崔曙在春风得意马蹄疾的时候，曾写过一首《明堂火珠诗试贴》，其中有句“夜来双月满，曙后一星孤”，当时被奉为佳句。数年后，崔曙去世，身后留下一个孤女名字叫星。人们才恍然，原来这是诗谶。诗里的预言，带着知其宿命的悚然。唐代两位女诗人也遭遇了这种诗谶。不同的诗句，把她们的命运指向了同一个方向。

李冶，字季兰，吴兴人。唐代三大女诗人之一。她工诗善琴，多与诗人名士往来，性豪放。晚年曾被召入宫中。784年，朱泚叛乱，攻入长安称帝，李冶被迫为他上诗。叛乱平定，李冶因此被德宗乱棒扑杀。据说她六岁的时候，就显现出天赋异禀，曾写下一首蔷薇诗，诗中道："经时未架却，心绪乱纵横"。这本是蔷薇爬藤的生动描写，她父亲听来却是满心的惊讶和不安。这般心绪，岂是寻常女子的德行？父亲的不安后来得到了印证，李季兰果然出家为女道。在唐代，女道士无关清修，倒是风流的代名词。放荡不羁的玉真公主便是修道之人，唐明皇迎娶杨玉环之前，为了过滤掉她与自己儿子的夫妻名分，也曾让她先出家为道，在宫中的道观小住。李季兰很洒脱，生性浪漫，为女道后对于情爱更是不加掩饰，借诗笔表达着明白无误的爱情。她的诗留存得不多，却清新真切，惹人喜爱。

李季兰已是暮年的时候，天府之国一个书香门第的小姑娘薛涛(770—832)，正在自己家中的梧桐树下与父亲联句。父亲吟了一句"庭院一古桐，耸干入云间"。八九岁的薛涛稍加思索便接道："枝迎南北鸟，叶送往来风"。这位父亲不禁愕然又不安了。迎来送往，这岂是寻常女子的生活方式？几年后父亲薛郧病逝，留下无人庇佑的妻女。终于，十六岁的薛涛被剑南西川节度使韦皋召令为官妓，坐实了她的诗谶。唐代，除了擅于咏歌的永新娘子这样的宫妓外，还有官妓和家妓。官妓是隶属于唐代各级官府乐籍的妓女。她们献艺为主，也会卖身。官府举办的各种庆典宴会，她们都必须招之即来，献艺、陪酒。其实薛涛脱籍很早，二十岁时就在韦皋的许可下离开了官妓的行当。在此之后，她居住在浣花溪，出入幕府，与文人们诗歌往还，依然继续着官妓般的生涯。

唐代三大女诗人次第登临诗坛，带着命定的必然。而她们的出位，则是基于她们与文士的交游和这些文士的爱慕与揄扬。

李季兰，这位浙江乌程的女道士，在她的交游名单上有当时的山人、如今的茶圣陆羽，有古典诗歌评论《诗式》的作者皎然上人；她给阎伯钧写有情诗，也和朱放有过别离的唱和。《唐才子传》中称季兰"美姿容，神情萧散，专心翰墨，善彈琴，尤工格律。当时才子颇夸纤丽，殊少荒艳之态。"然而据上人皎然的《答李季兰》诗中云："天女来相试，将花欲染衣。禅心竟不起，还捧旧花归"，可谓谑浪之至，不免让人怀疑季兰风雅中的孟浪了。

李季兰有《得阎伯钧书》，诗中道：

情来对镜懒梳头，暮雨萧萧庭树秋。
莫怪栏干垂玉箸，只缘惆怅对银钩。

没有找到阎伯钧的来书，但从李季兰的诗来看，那至少不是绝情的文字，或许还带着缠绵的问候，虽然也没说出什么实质性的内容来。季兰只是在诗中述说着自己的惫懒，情人不在，懒得对镜，因为无人悦容。潇潇秋雨令人愁思，便连窗外的风景也懒得看。与阎伯钧的交往或许是多情的，但只有在给陆羽的诗中，才令人看到了患难的真情，那份去掉了风流的修饰后，人与人之间坦白的依赖与信任。所以至今的小说家言，仍把季兰的爱更多的附会给陆羽。这首诗是《湖上卧病喜陆鸿渐至》，诗中道：

昔去繁霜月，今来苦雾时。
相逢仍卧病，欲语泪先垂。

强劝陶家酒，还吟谢客诗。

偶然成一醉，此外更何之。

女人的情诗常常刻意附加很多东西，而这首诗却是在竭力撇清，很奇特。季兰乘船在东吴一带往来，卧病湖上，无助之极，忽得陆羽乘雾而来。他探病不只一次了，不然何以出一“仍”字。季兰本该是以病谢客的，却是殷勤地在劝酒。还说除了一醉，此外还会有什么呢？潜台词里，是多么地希望此外还有什么！撇清关系却又互相关怀的男女之间，或是有很多无奈吧？不得而知，没有更多的诗供后人揣测，仅此一首已足成暧昧。

李季兰唯一有来有去的唱和是与朱放完成的。朱放字长通，襄州人，隐于越之剡溪。有《别李季兰》：

古岸新花开一枝，岸傍花下有分离。

莫将罗袖拂花落，便是行人肠断时。

朱放的诗泛泛而谈，四句中倒有三句比兴，最后一句点题，也落笔一般。回看李季兰的《寄朱放》，情致的描写便具体而微了。

望水试登山，山高湖又阔。相思无晓夕，相望经年月。

郁郁山木荣，绵绵野花发。别后无限情，相逢一时说。

登山临水，山长水远。既有山木野花呼应朱放之诗，亦有别后应是相思经年、相望无凭的惆怅遐思。既然别后之情无从说起，唯有热盼重逢。细节的模拟越丰满，越是能说明情感投入的深挚。季兰之情深，跃然纸上。

李季兰的交游大多是当时剡溪隐士，若非陆羽从山人成为茶圣，大约以后世的谈资论季兰是要输却晚她一辈的西蜀女子薛涛的。薛涛聪慧机敏，"历事十一镇，皆以诗名受知"。薛涛的往来人物是西川诸届节度使及其幕府，蜀帅中有韦皋、李德裕等人，文人才子则有白居易、元稹、刘禹锡、王建、张籍、裴度、杜牧等，笔墨交游可谓集一时文人之萃。在他们的揄扬下，薛涛声名远扬。武元琪还曾为她向朝廷请命为女校书，因无此先例而未能获批，却从此为薛涛赢得了校书之名。有诗曰："万里桥边女校书，枇杷花下闭门居。扫眉才子知多少，管领春风总不如。"

与薛涛交游密切而又暧昧的，至今可知的有多情的元才子。《唐才子传》记元和中，元稹使蜀，密意求访。府公严司空知之，遣涛往侍。后元稹登翰林，以诗寄之曰：

锦江滑腻峨嵋秀，幻出文君与薛涛。
言语巧偷鹦鹉舌，文章分得凤凰毛。
纷纷词客皆停笔，个个公侯欲梦刀。
别后相思隔烟水，菖蒲花发五云高。

前六句是盛赞薛涛之才，将她与文君相提并论，就连词客们在她面前都羞于提笔。最后两句才是诗意所在，但言别后相思。元稹在四川时是809年，这时已经过去十二年了。烟水茫茫，相思何及。菖蒲是薛涛所爱，她的家门前种满了菖蒲。写其所居，是因为心有所忆。可惜的是，这首证明了元稹和薛涛情义的诗，却没有出现在《元氏长庆集》中，只是在笔记中流传。

薛涛如今所存诗近百首，明确写给元稹的不过一首《寄旧诗与微之》。这个诗题很奇怪，不禁让人想起贾宝玉特意给林黛玉送去一方旧手帕。旧诗，自是旧情。诗中没有露骨的情思，很内敛地表达着内心那一份无可如何的孤寂。

诗篇调态人皆有，细腻风光我独知。
月夜咏花怜暗淡，雨朝题柳为欹垂。
长教碧玉藏深处，总向红笺写自随。
老大不能收拾得，与君开似教男儿。

这首诗看起来很像是一首答诗。前四句是对诗才的自我嘉许，人人都写诗，而我独知其中风光。月夜雨朝，咏花叹柳，其中寄寓的深情又仿佛自况。第三联说人教我深藏不露，我却总爱信手在红笺上写出自己的心情，不想如今弄成这般局面。究竟是谁“长教”薛涛“碧玉藏深处”，是元稹么？后四句颇似薛涛对于扬才露己的率性表达的自悔心意。

这段欲说还休的暧昧，或许元稹的好友白居易的诗才是最好的注脚。

《古今诗话》记白居易有诗与薛涛云：

峨眉山势接云霓，欲逐刘郎此路迷。

若似剡中容易到，春风犹隔武陵溪。

仿佛正是对薛涛和元稹这段公案的某种表达。

在与名人的交游中，李季兰和薛涛固然赢得了千古诗名，但都是独处终生。至于她们的诗本身如何，更不为大多数人关注。虽然恰恰是这些诗作，最是传达了她们的心声。

她们曾经在诗中同样直白地表达爱情。李季兰在《送阎二十六赴剡县》、《寄朱放》中都明白无误地说："离情遍芳草，无处不萋萋"，"相思无晓夕，相望经年月"。离情遍生，相思无限。登高临水相送，是旧情缠绵未决。爱情表达之后，怅想别情依依，更是为将来再续前缘作张本。诗末最后一句叮咛的都是归来的那天，所谓"归来重相访，莫学阮郎迷"、"别后无限情，相逢一时说"。从送别甫一开始，她就想着归来。与其说盼着归来，不如说是唯恐其不归。雅致如薛涛，也同样每每对离去的人儿深情款款。送卢员外她叹"玉垒山前风雪夜，锦宫城外别离魂"，送姚员外她感伤折杨柳"欲折尔来将赠别，莫教烟月两乡悲"。

无论送的是谁怀的是谁，想来都辜负了她们的一片心意。不然，李季兰和薛涛不会孑然一身走过漫漫人生。她们是这样刻骨铭心地在爱情中感到失意与深怨，惟能寄情于诗。李季兰在《相思怨》中写道："人道海水深，不抵相思半。海水尚有涯，相思渺无畔。”直言自己的相思之深，而付出的一切得到的只是月满西楼时独上高楼，肠断无已的一厢情愿。相思无着，自然深感被弃的不安。她更在《春闺怨》中直言：“百尺井栏上，数株桃已红。念君辽海北，抛妾宋家东。”桃花已红，是时节又过，而自己仍被弃却。薛涛也在《寄张元夫》中怅然倾诉着“借问人间愁寂意，伯牙弦绝已无声”的寂寞。

怨极之至，她们对追逐爱情的人生有了最终的评判，透着稍许不一样的执着与洒脱。

至近至远东西，至深至浅清溪。

至高至明日月，至亲至疏夫妻。

李季兰的这首《八至诗》写得朴实又动容。洞悉了夫妻关系的至亲至疏，仿佛出离了尘世的牵绊，飘飘有道家的仙风。这至冷之词，必出自曾经至热之情。在由热至冷的过程中，却是多少情感的煎熬。薛涛的代表作《春望词》四首也是极写追求同心人而不得的痛苦。

花开不同赏，花落不同悲。欲问相思处，花开花落时。

揽草结同心，将心遗知音。春愁正断绝，春鸟复哀吟。

风花日将老，佳期犹渺渺。不结同心人，空结同心草。

那堪花满枝，翻作两相思。玉箸垂朝镜，春风知不知。

看透了所有的男欢女爱不过是“不结同心人,空结同心草”的薛涛,晚年是平静的,她诗书富足地生活着,六十三岁终老于锦江畔的吟诗楼。如今,薛涛笺、薛涛井的种种故事还在继续传说。只是,她们的人生总结怕不如鱼玄机简单的一句“易求无价宝,难得有情郎”来得直指人心。

薛涛去世后十二年,鱼幼微出生了。鱼幼微(844—868),长安人。唐代三大女诗人之一。十五岁为李亿妾,对李亿一往情深,但因不被李妻所容而遭弃。她出家为女道士,号玄机,与名士唱酬来往,后因笞杀婢女罪被处死。

她也有过执着的爱恋:李亿,她曾经的丈夫。她单纯而幸福地恋着他,在山山水水间想像着那个男人同样抱着她对他般的牵念。《隔汉江寄子安》写隔河相望“江南江北愁望,相思相忆空吟”的惆怅。《迎李近仁员外》是首灵巧的小诗:昨晚拜了灯花希望你来到,今天果然就听到喜鹊报喜,于是欢欢喜喜焚香,出户前来迎接君的到来——这样的日子又何必羡慕仙家牛郎织女呢。急迫的迎候,真切自然,没有一点矫情,毫不掩饰地将小女子的情态和心中的欢喜和盘托出。《春情寄子安》则是对丈夫的细细叮咛,劝言他少喝酒、不要下棋到深夜。诗的后四句是誓言吧:“如松匪石盟长在,比翼连襟会肯迟?虽恨独行冬尽日,终期相见月圆时”。那时,因为正室的不接纳,李亿将其安置在外,鱼幼微仍一心相信有重圆的一天。山盟海誓犹在,但再也回不到过去了。

至于她和温庭筠的暧昧是无果的。她给他的诗写得很晦涩,也许是刻意用典，典故不能很好地融入诗中，致使诗歌的表情达意不置可否。有人说温庭筠是她的知遇之师，而他拒绝了她的追求。就现存诗歌来看，鱼幼微仅有两首给温庭筠的诗《寄飞卿》、《冬夜寄温飞卿》，都可谓意象零乱、诗意生涩。她想把诗写得有学问又深奥，可惜那就不是她的风格她的诗了。不能言情的诗，便失去了诗歌作为心灵外化的意义。她对这个年纪如他父亲的男人，大约是有些仰慕的，或者这也是她平生交游中唯一值得附会的亮点。

被迫出家清修的鱼幼微，此后就是女道鱼玄机了。鱼玄机怨艾她的现状，年纪轻轻，却过着清寂的生活。《愁思》中她写道："长者车音门外有，道家书卷枕前多。"长者车音，道家书卷，岂是她渴求的？她的生命中缺少的是活生生的青春与激情。于是她抛弃了过去，在门前挂出"以诗候教"的招牌，追求着青春的躁动。她写《闻李端公垂钓回寄赠》，向同巷居住的李郢明确地表达自己的追慕："自惭不及鸳鸯侣，犹得双双傍钓矶。"

鱼玄机对邻女说："易求无价宝，难得有情郎。"如果这只是她对邻女发表的一个感慨，那么她对邻女的劝勉则是诗中最后一句："自能窥宋玉，何必恨王昌。"既然我们可以主动地去追求自己的所爱，又何必在意过去的薄情郎呢？鱼玄机以行动实践着千百年前女子就曾在《诗经·褰裳》中发出的"子不思我，岂无他人"的呐喊。所以，她是那么执着地追求她的情郎，甚至不惜为此妒杀婢女。思我的"他人"不知尚在何方，"以诗候教"的女子已经香消玉殒。那年，她二十四岁。

无论是鱼幼微还是鱼玄机，都逃不出这个宿命。虽然，她不曾有过预言自己的结束的诗谶……

（清）胡锡珪　仕女图

子惠思我，褰裳涉溱。
子不我思，岂无他人。狂童之狂也且。
子惠思我，褰裳涉洧。
子不我思，岂无他士。狂童之狂也且。
——《诗经·褰裳》

还同薄命增惆怅，万转千回不自由。

如果可以穿越时空，你愿意回到哪个朝代生活？也许有人会选择三国，因为那是一个英雄辈出、充满野心与豪情的年代。也许更多人会选择唐代，因为大家何其熟悉唐代诗人的奔放热情，渴慕着充满激情的事功与充满活力的盛世。或许是文质彬彬的宋代，尽管北宋羸弱，南宋偏安，它的物质文化生活却极尽丰富。那儿有溢脂流香的公共浴室，有满街游走的美食小贩。在西湖上泛舟，会有小船时时靠近贩卖着新鲜的零食。重阳节时，所有的酒店装饰着如云的菊花。最重要的一点，唐代的夜晚除了重大节日基本宵禁，而北宋的凌晨，你依然可以在市桥看到许多流连光景与宵夜的人们。五光十色的宋代生活是如此撩人。

在这充满市井气息的欢愉中，那些远离家眷的官员们如何打发时间？幸有官妓侍宴，歌舞升平。印象中的妓女是倚栏卖笑的形象，文学与艺术作品中没有明确展现过官妓的特征，就如同影视中的后宫缺乏女官的制度。倒是韩剧《女人天下》、《黄真伊》充分展现着女官制度的严厉，令今人明白官妓的束缚，以及她们对于技艺本身的执着。

温琬字仲圭，小名室奴，是北宋熙宁时的甘棠名妓。她性格聪慧娴静，性格温柔。因父早逝，母亲沦落官邸为娼，将其寄养在凤翔姨母家中。在姨母家中，她过着优游自在的生活。甚至可以女扮男装上学堂。同窗与之共读数年，居然不知她是个女孩子。温婉天性喜好读书。六岁时教她读书，她就爱不释手。一旦读起书来，就连夏天的酷热都忘了，即使汗水一直流到脚背，也完全顾及不到。温琬不仅精于女红，还写得一手好字。《甘棠遗事》赞其："落笔无妇人体，遒韵且有格。"

温琬十四岁时，姨母将其许配给张家公子。就在温琬憧憬着指日可待的幸福之际，已经为娼的生母却突然从河南赶来，要求接她回去。温琬自然不从，母亲将她的姨母告到官府，终于解除了她的婚约。温琬对人悲叹：我自幼读书，自然识得道理。今天我所有的一切都是姨父姨母所赐。本以为将托身良家，了此终身。不想命薄至此。于是温琬被迫回到河南，寓居郡府侍奉母亲。

因为母亲，温琬的一生被迫改变了航向。为娼，是温琬无可奈何的选择。她曾经说，人之所以和禽兽不同，是因为知礼义明廉耻。可是生恩之重无过父母。为人子女，如何能够不报父母之恩？为了奉养母亲，她选择了最无助也最痛苦的出路。也许作为良人妇,她根本不会青史留名。为妓固然是她最大的伤痛,却换取了后世文名。

温琬从来都不是一般意义上的风流名妓。自为娼后,她不喜弹奏笙竽,惟爱读书。《文选》、《孟子》及诸史贤文,她都能够背诵。她尤擅《孟子》,"不独能造其义理,至于暗诵不失一字"。张靖太守赞其"桂枝若许佳人折,应作甘棠女状元"。她如少女时代一样,至爱读书,常常读书到深夜,在家人催促之下才不得不休息。天刚亮她就又起来,"捧读如常"。她常常习字,每天都有人来求她代写书信。她挥洒自如,即刻成章。郡将知道她聪慧博学,都想让她入官妓。温琬深知一旦入了官籍,将更不自由,于是以自己不擅歌舞、不足以侍奉宴乐为由,婉言谢绝。

尽管温琬这时还不是官妓,官府有活动却都会召唤她前往侍宴。她随身携带的不是乐器,而是笔砚。遇到士大夫文人,她常常泼墨挥毫,以孟子之句一抒己志。她善书法,为时人推重。一旦得到她的墨宝,人们都宝之爱之。温琬由于知书识礼,还格外善于言谈,诙谐幽默,侃侃而谈,人们将之比为唐代尤善言辞的名妓薛涛。时人记载:其"每与宾友对席,礼貌雍容,绰约嫦娥之思,实天赋与自然,而非矫强者","其言语若置齿牙间,优游闲雅,其音清响且和而圆。倾耳以听,历历如闻钧天之乐","听琬言,往往倾耳瞪目,低首钳舌,缩首敛袖而已,而不敢酬答"。

温琬名噪一时,以至于有人说,"从游蓬岛宴桃溪,不如一见温仲圭"。陪侍司马光,大约是温琬生平最为风光的事迹。时为宰相的司马光回乡祭祖,甘棠当地官员宴请他。司马光早已听说温琬的大名,还特意打听这位善谈《孟子》的名妓。官员将正在侍宴的温琬介绍给司马光，司马光见到她很高兴，就考较起她对《孟子》的心得。对于大多数人来说，有机会在司马光面前展示自我，或许都是不会错过的。然而温琬不肯回答，一再推却道，孟子是圣人，我是什么人，哪里敢随便谈《孟子》呢。司马光再三要求，她便道：我一个妇人家，在大儒面前妄谈孟子，岂不是如同挟泰山以超北海，实在是自不量力、不知分寸的事情。她的自知之明赢得了司马光的分外赞赏。

温琬俨然成了甘棠娼门的翘楚，大约也是为了不至于人才流失吧，当地官府终于设法将她入了官籍。

温琬不作诗，于是太守张靖建议她，君子没有不做诗的，你既然这么爱读书，何不学诗以留名呢？温琬深以为然，从此开始学诗。此后每有游宴，温琬便即席赋诗。曾有《席上赋太守流杯》：

绕坐水分山下涧，盈瓶酒泛桂中浆。

棠郊不是淹留地，紫诏行飞且饮觞。

即使是在这样把酒言欢的场景，随心所欲写来的应景之作，表现了山水之间觥筹交错的宴会热闹之余，温琬亦不禁发抒自己的离去之意，所谓“棠郊不是淹留地”。迎来送往，多情的温琬免不了离别之情。她在《送监酒吕延平》中写道：

趋承阶所蒙存顾，再拜轩中怅别离。

驿舍酒醒霜月晓，泪痕无路到门楣。

一二句是直叙当时场景，惆怅离别，感谢照顾。三四句很有柳永《雨霖铃》末句“今宵酒醒何处，杨柳岸、晓风残月”的风韵。驿路酒醒，是离人路途孤寂之感。泪痕无路，是作者牵念之苦。

温琬固然已为名妓，对她的母亲却无能为力。其时母亲和一个商人相好，天天喝得酩酊大醉，一连数月。温琬的声誉亦为之拖累。温琬对母亲的放纵非常不满。在她看来，即使是娼门同样要有廉耻之心，纯粹为了利和无德无才之人交往，真是“虽杀身不足以灭耻”。为了自尊，为了摆脱这种令人厌恶的生活方式，温琬决心逃离。在她的心灵深处，只有童年的记忆是最温馨的。在这茫茫的人世间，她投奔了姨母家，那个她曾经有着美好希望的地方。官妓私逃被通缉，温琬很快被抓回了县府。太守问她为何离去，她诉说了自己的不得已，言辞恳切，令人动容。太守很同情她，不再问责。温琬的母亲也就此改过了，据说母女感情回到了从前。

温琬一心脱籍。她向太守表明心愿，太守便命她赋诗言志，于是有了代表她的心曲和诗才的《香篆》诗：

一缕祥烟绮席浮，瑞香浓腻绕贤侯。

还同薄命增惆怅，万转千回不自由。

这是拟物诗，写的是香篆，前两句写香篆之形，曲曲绕绕，燃成香烟缭绕。这是祥瑞的宴会气氛，也是充满香艳气息的游宴。第三句一转，笔墨却是落到香篆的可怜之处，联想到自身命运，不禁低徊一句：同样薄命，倍增惆怅。万转千回如那香烟，只为这身不自由。入情入理，联想由物及人，却不生硬。明代钟惺称其"赋香篆，却有此二句，善能入情，着迹亦微幻"。

温琬的诗做得好，爱才的太守不愿放她离去。于是她只好继续等待，终于趁太守换届之机，请求离开了郡县，从此脱离官妓的生活。温琬和母亲搬到东京(开封)，从此闭门不出，只接待一二志趣相合的熟客。她曾写诗《述怀》：

多情天赋反伤情，深闭幽窗倦送迎。

莫笑区区事章句，不甘道韫擅诗名。

第一二句写自己对娼门生活的厌倦。三四句写自己热爱诗歌创作，它不是交际的手段，而是一种真正的技艺和才华。她对自己的才华深为自负，不甘输于谢道韫呢。她的诗后来集了五百首，编成集子，却被人偷走了，剩下一百首左右。流传下来三十余首，多为人们赞美。清代陆昶赞其"绝是闺中语，悠悠致味，本色风神"。

温琬终生未嫁，如那燕子楼中的守节人。她和他曾经写了些诗，倾诉很多相思，却终于没有结果。那个王生"没于兵间"。那段爱情逝去，只留下《寄远》诗，至今证明着曾经的思念：

小花静院东风起，燕燕莺莺拂桃李。

斜倚红墙卜远人，楼外春山几千里。

温琬的故事谈不上悲剧，也许应该说是正剧吧。至少可以从中看出脱籍之不易。官妓的脱籍，远非明清两代妓女们如杜十娘等，以足够的金钱就可以赎身。官妓属于官府财产，脱籍与否需要官老爷说了算。据《东坡志林》记载，苏东坡在钱塘为官时，有个号"九尾狐"的妓女，上书请求脱籍。东坡大笔一挥，判道："五日京兆，判断自由。九尾野狐，从良任便。"仍是坡老爱用的游戏笔墨，却将自由的天空给予了一个官妓。另外一个官妓依例申请，却被无情驳回。东坡说得何其冠冕："敦召南之化，此意可嘉；空翼北之群，所请不允。"看起来，是怕此妓一走府中无人之意。

相较而言，作为娼门的道德典范温琬，其在民间流传中的受欢迎程度可能远不如那个众说纷纭、没有定论的南宋台州名妓严蕊。严蕊的脱籍同样也是引发了公案一段，当然其中备添香艳与悬疑的地方，在于她和太守唐仲友是否逾滥。所谓逾滥，就是双栖双宿。原来宋代的官妓只可以侍宴歌舞，却不得侍寝。据《画漫录》记载，只有皇帝生日那天才允许官妓们赴州大宴之后留宿。

严蕊和朱熹，引人遐思的道学家和官妓之间的故事。其实事由非关严蕊，而是被时为浙东提举的朱熹在弹劾台州知州唐仲友过程中所牵连。最早的出处是洪迈的《夷坚志》，说严蕊因唐仲友下狱，遭到酷刑。岳飞之子岳霖为浙东提点刑狱，来到台州决案。严蕊上书陈情，岳霖命她作词，她随即口占一首《卜算子》：

不是爱风尘，似被前缘误。花落花开自有时，总赖东君主。
去也终须去，住也如何住。若得山花插满头，莫问奴归处。

岳霖随即判她脱籍从良。《夷坚志》说得内情不详，也并无诋毁朱熹之实。倒是周密《齐东野语》"天台营妓"将其原委细致诠释：台州官妓严蕊琴棋书画样样皆精，色艺冠绝一时。唐仲友曾于酒边命她赋红白桃花，即成《如梦令》：

道是梨花不是，道是杏花不是。白白与红红，别是东风情味。
曾记曾记，人在武陵微醉。

唐仲友非常赏识她的才华，赏赐丰厚。又一次七夕郡斋开宴，座中豪士谢元卿夙闻其名，因命之赋词。酒方行，严蕊已成《鹊桥仙》：

碧梧初出，桂花才吐，池上水花微谢。穿针人在合欢楼，正月露玉盘高泻。　蛛忙鹊懒，耕慵织倦，空做古今佳话。人间刚道隔年期，怕天上方才隔夜。

元卿為之心醉，在严蕊家待了半年，花光了银子才回家。后来朱熹弹劾唐仲友，指严蕊和唐仲友逾滥。严蕊下狱数月，备受苦楚，而终一言不及唐仲友。狱卒便好言诱之：你为什么不早认罪，也不过杖罪罢了，何必受此辛苦呢？严蕊回答道：身为贱妓，即使与太守有滥科，罪亦不至死。但是是非真伪，岂可妄言？即使是死，也不可诬蔑士大夫！

《齐东野语》在叙述了严蕊铁骨铮铮的心语之后，比《夷坚志》的故事更多了一个圆满的尾巴。据说严蕊脱籍后，被宗室纳为小妾。周密说得信誓旦旦，称他是听天台故家说的，所以比洪迈更其详尽。

如果周密说的都是真的，严蕊的言行何其令人动容！虽是娼门之妓，却可愧煞多少士大夫。然而一旦对读反方的资料，即朱熹的《按唐仲友第三状》直到第五状，顿时令人莫衷一是，在历史的矛盾记忆中失去了判断能力。据朱熹的弹劾，行首严蕊以色称，仲友与之狎昵，公宴之上也全无顾忌。唐仲友因想纳她，私下给她脱籍，不曾公文照会妓乐司，并令其居于自己的婺州别宅。严蕊亦自供曾和唐仲友逾滥多次。因为严蕊入狱的缘故，唐仲友心怀怨忿，公然派吏卒突入衙门，乱行捶打，毫无忌惮。

事实的真相不得而知，只知道曾经有这样一些官妓，她们拥有各自的性情和才华，在浊世中或求清高，或随波逐流，然而她们对于自由的渴望都是一样的。真实究竟如何，只有当事人才能明了。与其在文字中困顿，不如在文字中享受酣畅淋淳的声色。据《梦梁录》卷二记载，宋神宗以后，每到清明前酒库开煮的时候，为表庆祝，官妓私妓会有一场盛大的游行：

又有小女童子执琴瑟；妓家伏役婆嫂，乔装绣体浪儿手擎花篮、精巧笼仗。其官私妓女择为三等，上马先以顶冠花衫子裆，次择秀丽有名者，带珠翠朵玉冠儿、销金衫儿裙儿，各执花斗鼓儿，或捧龙阮琴瑟。后十余辈者，红大衣，带皂时髻，名之"行首"。各雇赁银鞍闹装妆马匹，借倩宅院及诸司人家虞候押番。及唤集闲仆浪子，引马随逐。……虽贫贱泼妓，亦须借备衣装首饰，或托人雇赁，以供一时之用，否则责罚而再办。妓女之后，专知大公，皆新巾紫衫，乘马随之。州府赏以彩帛钱会银碗，令人肩驼于马前以为荣耀。其日在州治呈中祇应讫，各库迎引出大街，直至鹅鸭桥北酒库，或俞家园都钱库，纳牌放散。最是风流少年沿途劝酒，或送点心。间有年尊人不识羞耻，亦复为之旁观哂笑。诸酒肆结彩欢门，游人随处品尝。追欢买笑，倍于常时。

可以确信，这是真实的历史记忆，绝非小说家言。

瑟瑟西风净远天，江山如画镜中悬。

昆曲的世界中，清代传奇《牡丹亭》和《桃花扇》可谓双璧。一出青春版《牡丹亭》将杜丽娘的爱情演绎得荡气回肠。当《1699 桃花扇》，即青春版的《桃花扇》在昆曲舞台上重新绽放，李香君的爱情和理想再度进入人们的视野。其实再青春也敌不过历史的真实。哀感顽艳、曲尽缠绵的《桃花扇》本是一段悲怆的历史，侯方域和李香君的爱情在国破家亡之际不能善终，即使爱情的信物桃花扇也是血痕点点。两出昆曲相较而言，《桃花扇》除爱情之外，它更是厚重的国史和悲壮的人生。

1699 年，也就是洪升《长生殿》成书十年后，孔尚任的《桃花扇》脱稿了。一时洛阳纸贵，李调元《雨村曲话》说："王公荐绅，莫不借抄。"盛况一时，所谓“南洪北孔”。照着文学史上的话说，《桃花扇》是一部借复社文人侯方域与秦淮名妓李香君的爱情来反映南明兴亡的历史剧。用孔尚任在《桃花扇小引》中自己的话说，便是借“离合之情”，抒发“兴亡之感”。所谓：“场上歌舞，局外指点，知三百年之基业，隳于何人？败于何事？消于何年？歇于何地？”

侯方域(1618—1654)字朝宗，河南商丘人。父叔皆东林党人。他在明末和陈贞慧、冒襄、方以智合称明末四公子，在清初和魏禧、汪琬并称清代古文三大家。崇祯十二年(1639)，二十二岁的侯朝宗赴南京应试，与复社张溥、夏允彝、陈子龙、吴应箕等交游。在他们的介绍之下，结识了秦淮歌妓李香。

李香的假母李贞丽因与复社人士张溥、夏允彝等人交好，李香耳濡目染，自然也是以“夫婿家家是东林”为荣。余怀《板桥杂记》中没有特别说她的美，只是称她身材娇小，肌肤如玉，慧俊婉转，调笑无双，号称“香扇坠儿”。余怀曾经赠诗曰：

生小倾城是李香，怀中婀娜袖中藏。
何缘十二巫女峰，梦里偏来见楚王。

钱塘魏子中将其书于墙壁之上，贵阳杨龙友画兰花奇石于其左。诗书画，号称三绝。由是李香之名盛于南曲界，人人都以与她相识为荣。李香十三岁即妙解音律。在苏昆生的教导下擅长昆腔，会唱汤显祖的临川四梦

《紫钗记》、《还魂记》、《南柯记》、《邯郸记》，而且能曲尽其妙。李香尤工《琵琶记》，但很少展示于人。

侯方域和李香就是《桃花扇》中的侯朝宗和李香君。就连李香之名，也被孔尚任借剧中杨龙友之口，以《左传》“兰有国香，人服媚之”为其定名为香君，命其楼为媚香楼。《桃花扇·凡例》说得分明：

> 朝政得失，文人聚散，皆确考时地，全无假借。至于儿女钟情，宾客解嘲，虽稍有点染，亦非乌有子虚之比。

历史是真，真情或假。其中真真假假，假假真真，有史可证的是余怀的《板桥杂记》和侯方域的《李姬传》。

先从他们的初识说起吧。

崇祯十二年(1639)，侯方域在张溥、陈贞慧等人的介绍下与李香相识。《李姬传》称李香侠而慧，略知书，能辨士大夫贤否，却不曾提到她是否能诗会词。李香留存的诗词不多，以所见《题女史卢允贞寒江晓泛图》来看，文字颇为干净。

> 瑟瑟西风净远天，江山如画镜中悬。
> 不知何处烟波叟，日出呼儿泛钓船。

这是首题画诗，主旨在于“寒江晓泛”。其四句扣紧题旨，文字质朴洗练。她又有《虞美人》残句“相思莫写上杨花，恐被风吹愁起满天涯”，虽未见足全章，此一句已备极生动。是写杨花，还是写相思，竟是无从说起了。大约是拟物词，写杨花散尽天涯；或许是写相思之愁：这份相思情义还是不要写上杨花了吧，惟恐被风吹去，满天涯都是我的惆怅了。不写自己如何之愁，只说恐怕这份愁随杨花吹去竟要愁满天涯，真是极言其愁深怨。如果诗仍属泛泛，而有此一句词的残句，已经足见李香的性情中人和感性文字。

李香和侯方域初会时，邀请侯方域为她作诗，她不是以诗酬答，而是以自己更擅长的曲来回应。总之，这是才子佳人的相逢，营造了浓情蜜意的欢好。

《桃花扇》中，侯朝宗在素扇上题诗一首赠予香君作为定情之物。随着浪漫的《访翠》、香艳的《眠香》之后，是一出激烈的《却奁》。这是《桃花扇》香君事迹中浓墨重彩的一笔，也是全剧的第一个高潮。侯朝宗和李香君在杨龙友的赞助下得以结成良缘。次日杨龙友前来贺喜，香君不免探问杨龙友哪里来的闲钱为其置办妆奁。杨龙友透露真实情况，原来是阮大铖有意结交侯朝宗，请他代为说情，以免复社清议非难。侯朝宗倒还颇有同情阮大铖之意，李香君却坚决却奁，和阮大铖划清界限，也由此结下与阮大铖的梁子。

阮大铖欲结交侯朝宗的因和侯朝宗不理会的果与历史一致，事实的过程却远非如此。余怀《板桥杂记》说，阮大铖欲结交侯方域，李香劝阻，侯方域遂与阮大铖断绝往来。余怀言尽至此，侯朝宗的笔下却有不少细节的叙述,也算为自己撇开明知故犯的委屈。《李姬传》中备述甚详:阮大铖因为被清议排斥,所以有心结识侯方域。于是借平日交好的王将军,天天载酒与侯生共游。还是李香发现其中端倪,提醒侯方域,王将军是贫穷之人,哪里有富余钱与他这般结交。侯方域于是再三询问,王将军摒开别人终于吐露真情,述说了阮大铖的结交之意。大约是唯恐侯生犹豫吧,李香私语侯生说:我从假母那里认识了阳羡君陈贞慧,又听闻了吴应箕的高谈清议,他们都不齿于阮大铖,如今公子与他们均是至交,为何要为阮公而辜负至交呢。且以公子的名望,为何要与阮公相交?公子读万卷书,知书达礼,见识岂会后于我呢?侯方域大呼称善,于是佯醉卧倒,不予答复。王将军悻悻而走,再不往来。

显然,孔尚任的改编是很有艺术价值的。倘若是王将军饮酒涉案,那么就不会与香君发生直接关系。改为妆奁,就有香君发表意见并行动的空间,给了香君一个舞台,展示她的大是大非。这样的改编于李香、侯方域都没有本质上的影响,对香君的形象更有提升作用,独独委屈了一代才子杨龙友,承担了王将军的过错,成了《桃花扇》中两面逢迎的世故圆滑之徒。

侯方域和李香其实相处时间短暂。《桃花扇》的处理很戏剧化,侯朝宗遭到了阮大铖的构陷,在杨龙友的通报下匆匆逃离南京前往史可法处。承接了却奁的因果,联系起与史可法的因由。《李姬传》的叙述则平淡深情,就如很多才子歌妓散场写的那样,因为侯生下第,要回河南老家。李姬"尤工琵琶词,然不轻发",而分别的这天,李姬在桃叶渡置酒送别侯生,唱了很少唱起的《琵琶记》。唱罢,她对公子说:公子才名文藻,不输于蔡中郎。蔡中郎学问虽好，德行却不足。虽然琵琶记多有虚构，但毕竟他曾亲近董卓。公子豪迈不羁，恰逢科场失意，此次一去不知何时相见，希望你能终生自爱，不要忘记我为你唱的琵琶词，我也从此不会再唱此曲。李香的殷切之意，厚望之情，溢于言表。

这段半为别离半为劝谒的故事发生在桃叶渡。余怀不知道这桩离别的场景，却曾怀念着秦淮桃叶渡前的无双热闹，《板桥杂记》上卷“雅游”中记道：

秦淮灯船之盛，天下所无。两岸河房，雕栏画槛，绮窗丝障，十里珠帘。主称既醉，客曰未晞。游楫往来，指目曰：某名姬在某河房，以得魁首者为胜。薄暮须臾，灯船毕集，火龙蜿蜒，光耀天地。扬槌击鼓，蹋顿波心。自聚宝门水关至通济门水关，喧闹达旦。桃叶渡口，争渡者喧声不绝。

在这样的喧闹中别离，应是极衬着“以乐景写哀，欲增其哀”的意味吧。风雅抑或悲情，在《李姬传》中似乎都感觉不到，更多的是敬畏与悲壮。这点便如同《桃花扇》中侯朝宗曾将香君视为“畏友”。《桃花扇》中的《辞院》不过是个过场戏，远不如《李姬传》中的大段话语，说得侯朝宗那样汗涔涔而触动良多。

余怀说，侯方域离开后，田仰重金邀见李香。李香推辞说：“妾不敢负侯公子也。”于是不去。侯生的记录则更详细些。说是田仰以三百锾金邀见李香,李香坚辞。田仰既惭且怒,于是语言中伤李香。李香叹道:"田公和阮公有什么不同呢?我向来对侯公子赞许的又是什么呢?如今倘为财而往,是我出卖了侯公子。"于是不往。

"卒不往"三字,在《桃花扇》中被演绎成第二个高潮《守楼》,也就是著名的血溅桃花扇。田仰逼嫁,香君血溅当场,以明心志,从而有了那把溅血的扇子。在杨龙友的点染下,成了贯穿全剧的灵魂——桃花扇。

究竟有没有这把传说中的桃花扇?

有人说,是香君派人送信到侯方域那儿,以扇寄之。侯生感动而为《李姬传》。倘若如此,为何《李姬传》到了"卒不往"三字便戛然而止,舍弃了这样血溅楼台的可歌可泣之事?余怀的《板桥杂记》借了《李姬传》拒田仰的文字后,转而简述阮大铖与侯方域的过节,亦不提点染桃花扇的事迹。本可大书特书的节烈之举,却在"卒不往"之后销声匿迹。再看孔尚任的《桃花扇本末》首段,说这件事是他的亲戚听杨龙友的书童说的。孔尚任也承认,此事别人都未曾提到过,他听到此事后,深受打动。一家之言,总是令人不敢尽信。何况孔尚任为了取信,说这位亲戚所说的其他事情无不与历史真实相合。这种暗藏的逻辑推理更令人犹疑不定。"歌尽桃花扇底风",这句晏几道著名的词句,多多少少表现了桃花扇之于歌妓的密切关系。桃花扇,俨然成为歌妓的代称,至少是她们生活的部分象征。李香,一位名号"香扇坠"的秦淮歌女,擅唱汤显祖的传奇,用桃花扇来表达她的身份最是合适。

然而李香的手缄《南都寄侯公子书》(1645)分明写道:

远望中州，神飞左右。未裁素纸，若有千言。及拂红笺，竟无一字。回转柔肠，寸寸欲折。附寄素扇香囊，并玉玦金钿各一。吁！桃花艳褪，血痕岂化胭脂；豆蔻香销，手泽尚含兰麝。妾之志固如玉玦，未卜公子之志能似金钿否也？

“桃花艳褪，血痕岂化胭脂；豆蔻香销，手泽尚含兰麝”，这一句似乎坐实了桃花扇之绝非乌有。信中之情，所谓未裁素纸，仿佛有千言万语；一旦题笔，竟然写不出一字，这等婉转心曲，诚然可信。信中之事，诸如逼充乐部，供奉宫掖，唱阮大铖《燕子笺》诸事，皆历历分明。何况信的出处是陈贞慧之子陈维崧所编《妇人集》。阮大铖当权后，追捕复社名士，侯方域一度避祸宜兴陈贞慧家，两人定为儿女亲家，互为援助。这些都使人确信它确实出自李香之手。这二句四六细细推敲，很有些隐情。但如果就扇而言，前句又分明说“寄素扇香囊”，素扇即白扇子，又似乎不是曾经题诗溅血的旧扇，殊不可解。

《桃花扇》中，侯方域和李香君两人历经波折终于得见，却被法师张瑶星断喝：“两个痴虫，你看国在哪里，家在哪里，君在哪里，父在哪里，偏是这点花月情根，割他不断么？”两人于是断绝红尘，各自入道。儿女之情怎堪比国破家亡之痛，这大约是孔尚任的理解吧。至于侯李的结局，李香虽不知所终，侯方域的历史轨迹却是分明的。

明亡后，侯方域回到故乡商丘，于清朝顺治八年(1651)为了免祸，曾应河南乡试，得中副榜，以此遭到时人非议。次年夏，三十五岁的侯方域自建

“壮悔堂”,文集定名为《壮悔堂文集》。悔之何也,是年少的轻荡文风,还是前一年的清朝乡试?他又有“四忆堂”,命名诗集为《四忆堂诗集》。忆之何也?是人事,还是国事?侯方域说不清道不明,所谓“情迫气结,纵其所至,不循阡陌,即胸中时一念及,非不历历,及欲举而告之人,固已缠绵沉痛,十且乱其七八矣。”不是不想说哪;胸中有万千情事,想诉之于人,可是沉痛缠绵,欲说时心已乱言无端。他只能说:“忆之,忆之,所以悔也。”他曾在《与王山公论文书》中写道:

> 仆少年溺于声伎,未尝刻意读书,因此文章浅薄,不能发古人之旨。……间有合作,亦如春花烂漫,柔脆飘扬,转目便萧索可怜。

“柔脆飘扬,转目便萧索可怜”的究竟是文,还是过往的人或事?将其与“忆之,忆之,所以悔之”对读,何其哀感顽艳。三十七岁时,侯方域病逝乡里。故事到这里本该结束了,李香之魂而今何处却成了一段公案。

这些年来,传说渐渐地多起来。有人说,李香逃出宫掖,随着卞玉京在南京栖霞山出家,后来就葬在那里。陈贞慧的后人传说,当年李香在栖霞山愤而自尽,在陈贞慧的护送下,将其灵柩送回河南商丘侯家,侯家还为她修建了李姬墓。商丘的李姓人家传说,李香逃出金陵后,随着侯方域来到老家。侯家人嫌弃她是娼门出身,将其赶到外府居住,后来她生了个儿子,儿子不能姓侯,便跟了她姓李。从此,那一片李氏后人们居住的地方就叫做李吉园,也就是传说中的李姬园。因为这些尴尬家事,李香很快就郁郁而终了。传说侯方域为她建了李姬墓,立了碑并撰有一联“卿含恨而死,夫惭愧终生”。墓前有一石桌,桌前有一石礅,因侯方域常坐墓前而名愧石礅。这座李姬墓在解放前曾被军阀盗掘,据说是为了那把桃花扇。据老人们回忆,墓中女尸发长三尺。至于那把扇子,侯家人说侯方域的女儿拿走了。

真真假假,当事人早已不在乎了。一柄桃花扇,串起一代兴亡。打通了历史,横贯了私情和国殇。正如孔尚任在《桃花扇小识》中所说:

> 桃花扇何奇乎?其不奇而奇者,扇面之桃花也;桃花者,美人之血痕也;血痕者,守贞待字,碎首淋漓不肯辱于权奸者也;权奸者,魏阉之余孽也;余孽者,进声色,罗货利,结党复仇,隳三百年之帝基者也。

《桃花扇本末》道:“南朝兴亡,遂系之桃花扇底。”《桃花扇》一剧真是借物传情,以物寓意的顶端。在艺术与真实之间,人们选择了感动心灵的瞬间。不管香君是否真的血溅桃花扇,就如不论史可法是否真是投江而死。白衣的将军独立苍茫,沧桑雄浑的声腔唱着“走江边,满腔愤恨向谁言?老泪风吹面,孤城一片,望救目穿”、“长江一线,吴头楚尾路三千,尽归别姓。雨翻云变,寒涛东卷,万事付空烟”的绝望,悲愤地跃入长江。这一刻,真是让人感到悲凉无奈。尽管历史上的史可法是被俘就义,但是何妨《沉江》一出的艺术光芒给人以巨大的艺术震撼力。

《桃花扇》写的是生死离别之情,是国破家亡之痛,侯李的爱情串连起国事纷乱下的众生相。梁启超称其为“哭声泪痕之书”,顾采《桃花扇序》说它“可以当长歌,可以代痛哭”。也许,《桃花扇》是对那段历史下的人物最恰切的敬意。无论戏曲细节的虚实,他们都是历史上真正存在过的,并以他们痛楚的经历和情感深深打动着自孔尚任以来的人们。

千秋知己何人在，还有师雄入梦无？

有明一代，江南美人的自然娟秀风靡一时。秦淮八艳不但风貌出众，而且精于文学艺术：如寇白门能度曲吟诗，善画兰；卞赛知书，工小楷，画兰鼓琴，一落笔画十余纸。她们更兼情性优雅，虽身在红尘，自有种种超凡脱俗的气度：顾媚牙签玉轴，堆列几案，瑶琴锦瑟，陈列左右，香烟燎绕，檐铃丁当；董小宛竹篱茅舍，时时吟诗奏雅；卞赛年十八，游吴门，居虎丘，湘帘曳地，窗明几净，地无纤尘；马湘兰居所在秦淮胜处，池馆清疏，花石幽洁，回廊曲折。她们的风雅洁净，直追高人逸士。

陈圆圆，声甲天下，色甲天下，妙舞轻歌，纤柔婉转。她关系了一个国家的兴衰、政治的消长，李自成、吴三桂等英雄豪杰纷纷拜倒在她的石榴裙下，她的绝代风华可以想像。吴三桂“冲冠一怒为红颜”，弃老父，叛国家，吴伟业唱出了一首经典《圆圆曲》。董白，字小宛，一字青莲。天资巧慧，容貌娟秀。性爱闲静，遇幽林远涧，片石孤云，则恋恋不舍离去。她厌倦世俗，爱慕吴门山水，每每结庐水边，咏诗鼓琴。忽而又一叶扁舟，去游西湖，登黄山。她曾随冒辟疆游览金山之巅，观大江竞渡，衣袂飘飘，惊若天人。还有血染桃花扇的李香，她们都是八艳中的翘楚，但论及一时交游，精通诗词书画，后世名望，却无人能出柳如是之右。

柳如是(1618—1664)，原姓杨爱，幼失父母。为妓后改名柳隐，因爱辛弃疾“我见青山多妩媚，料青山见我应如是”，自号如是，号蘼芜君。她“为人短小，结束俏利，性机警，饶胆略”，“知书善诗律，分题步韵，顷刻立就。使事谐对，老宿不如。四方名士，无不接席唱酬”。国学大师陈寅恪是这样爱重她，为她写了厚厚的三本《柳如是别传》，由此揭开了她丰富多彩而又争议的一生。一个自小不知出处的女子，曾经辗转在吴江故相周道登、盛泽名妓徐佛家为婢，后来自立门户，漂泊东吴。她十六岁飘在松江，从年轻才俊宋征舆、诗书名家李待问，再到慷慨有节的陈子龙，柳如是总是以主动的姿态，追求着名士的爱情。她索求的不仅是男欢女爱，更有平等的自我价值。

钱肇鳌《质直谈耳》卷七“柳如是之轶事”记如是喜欢扁舟一叶放浪湖山间，与高才名辈相游处。“其在云间，则宋辕文(宋征舆)、李存我(李待问)、陈卧子(陈子龙)三先生交最密。”陈子龙在《秋潭曲》下注云“偕燕又(彭宾)、让木(宋征璧)、杨姬集西潭舟中作”，又有七律二首名为“秋夕沉雨,偕燕又、让木集杨姬馆中。是夜姬自言愁病殊堪,而余三人皆有微病,不能饮也。”杨姬,即柳如是,彼时尚称杨爱。宋征舆之弟宋征璧曾经在《秋塘曲并序》(《含真堂诗稿》)中记录下其中的片段往事:其时宋征璧与陈子龙、柳如是一起泛舟秋塘,湖上雨丝风片,湖光浩渺。柳如是在座中侃侃而谈。她自言身世之曲折,把酒论诗,谈吐磊落,不似闺房之语。子龙酒酣,于是命征璧席上走笔,为如是作歌一首。其中歌末有曰:

妇人意气欲何等,与君沦落同江河。我侪闻之感太息,春花秋叶天公力。多卿感叹当盛年,风雨秋塘浩难极。

无疑,柳如是曲折的身世,不俗的谈吐,绝佳的才华,已经深深打动了松江的才子们。“陈子酒酣”四字,或许已经可以见得真章了。在一起宴乐的宋征舆、李待问、陈子龙三君子中,柳如是和宋征舆应该是最先相识的。那时,早已声名远扬的如是主动邀约宋征舆在白龙潭会面。宋征舆来早了,如是还没有起床。她传语宋征舆,你如果真的对我有情,那么就请跳到水中等我吧。当时天寒地冻,宋征舆毫不迟疑地跃入水中。如是急忙命船夫把他捞起,挟入床上,就此成就一段恋情。可惜这段爱情却遭到了宋征舆母亲的强烈反对,宋征舆就此渐渐疏远了如是。如是受到地方官府的驱逐后,她在案上置古琴一张,倭刀一口,问计于宋征舆。宋征舆模棱两可地说,姑且避其锋芒吧。如是大怒,挥刀断弦,言称“与君自此绝矣”。宋征舆骇愕而出,两人的缘分到此为止。

再经过和李待问一段短暂的恋情后，柳如是终于情归陈子龙。

陈子龙(1608—1647)字卧子，松江人。崇祯初参加复社，后为几社成员。夏允彝称其“好奇负气，迈越豪上”，“慨然以天下为己任，好言王伯大略”。柳如是慕其“负海内重名”，欲委身于他。据虞阳说苑本《牧斋遗事》之“柳尝之松江，以刺投陈卧子”，柳如是曾到松江，投拜帖给陈子龙。陈子龙生性严厉，看到名帖上自称女弟，“意滋不悦”，竟然不予理睬。如是很愤怒，于是登门责问陈子龙：“风尘中不辨物色，何足为天下名士?”被当头棒喝的陈子龙大约由此见识了如是不同寻常的物色。总之，崇祯八年(1635)春夏季，从曾经不以为然，到秋塘舟中酒酣成为同游的密友，历经她和至友宋征舆、李待问恋爱之后，陈子龙终于和如是同居了。

这年柳如是十八岁，陈子龙二十八岁。这段时期内二人唱和极多，爱情点燃了青春的生命和创作激情。在诗词唱酬往还中，他们彼此触摸着心灵，表达最热忱的思念，抒发对自然的感发。然而这年秋天他们就分开了。秋深后，柳如是自松江移居盛泽，两人仍藕断丝连。她寄书给子龙，写下了《踏莎行·寄书》：

花痕月片，愁头恨尾，临书已是无多泪。写成忽被巧风吹，巧风吹碎人儿意。

半帘灯焰，还如梦里。消魂照个人来矣。开时须索十分思，缘他小梦难寻视。

这是两人的酬唱之作。如是以“临书已是无多泪”呼应子龙的“临行检点泪痕多”,以“开时须索十分思,缘他小梦难寻视”来回应“归来认取断肠人,开缄应见红文灭”。句句呼应,字字珠玑。柳如是的词自是缠绵恩爱。陈子龙有词79首,其中21首和柳如是有关。他的词风因为这段感情,呈现出与诗风截然不同的风格。沈雄《古今词话》称其“文高两汉,诗轶三唐,苍劲之色与节义相符。乃《湘真》一集,风流婉丽如此。”风流婉丽之词,自是因情使然。与柳如是分手后,陈子龙为她刊印了她的诗文集《戊寅草》,并为之作序。

据陈寅恪考证,陈柳二人情投意合,之所以分手,一是因为陈妻不能相容,柳亦不愿为妾;二是陈子龙的经济状况不能满足柳的要求。《河东君传》则称如是曾经嫁给陈子龙为妾,并说是因其“倜傥好奇,尤放诞”,所以陈子龙“谢之去”。这和“豪宕自负”、“归钱之后,稍自敛束”等语倒是遥相呼应。想来,柳如是和陈子龙相识时不过十五六岁,同居时十八岁,青春年少,正是意气任性之时。与钱谦益相遇已是二十四岁,人生阅历、性格成长,自是不同,而钱谦益给她妻的名分带来的归属感或许也是大不相同的吧。

陈子龙很快把热情投入了经国之大业。1638年,他编辑成《皇明经世文编》,整理了徐光启的《农政全书》。这年,二十一岁的柳如是放出大话,说“吾非才学如钱学士虞山者不嫁”。钱学士虞山,即名重一时的大学者、党社领袖钱谦益。钱谦益(1582—1664)号牧斋,江苏常熟人,明万历三十八年(1610)进士。那年他五十七岁。听说了如是的誓愿,他大喜过望,也热情地呼应道:“今天下有怜才如此女子者乎?吾非能诗如柳如是者不娶。”

1640年冬天,柳如是径直来到虞山钱谦益家中。两人一见如故,钱谦益即筑“我闻室”留其过年。次年六月,两人结婚。是年,柳如是二十四岁,钱谦益六十岁。钱学士白发冠带,备足仪式以正妻之礼明媒正娶柳如是。尽管发妻仍在,他却不顾礼法地称如是为“继妻”,号河东君。钱谦益的惊世骇俗之举,令“云间缙绅,哗然攻讨。以为亵朝廷之名器,伤士大夫之体统。几不免老拳”。而他们在湖上的婚礼,更是满船载瓦砾而归。

一个没有祝福的婚礼,两个脱俗的男女只管怡然自得。这是柳如是自己争取的地位和幸福。他们以唱和为乐,常常钱谦益的诗句刚送过去,如是的使女就派人将和诗送回。来来回回,倒如同打仗一般。为了与之匹敌,钱谦益不得不努力思之。两人诗风各有特色,钱之厚重,柳之飘逸,各有其长。钱谦益建绛云楼藏书,楼极为壮丽。晚年校书,都是如是相助,时有探讨,需要取书求证,如是上楼随手取阅,从来没有拿错过。有时钱谦益用错了典故,如是也会立即纠正。绛云楼上列图史,下设帏帐。书史校对之余,钱谦益更将如是比为绛云仙姥,自是一段香艳风流。钱谦益爱重如是的才华,纵容着她平等社交的自由。于是柳如是常常穿着儒生之服,飘巾大袖,时不时地走出内堂,堂而皇之地与四方宾客谈论,钱谦益引以为荣,称她为柳儒士。可惜好景不长,夫唱妇随的和谐随着明亡阴影的迫近,淡去了完美的印象。

崇祯十七年(1644),李自成入京,崇祯帝自尽。人们扶立弘光帝以为南明王朝。马士英引钱谦益为礼部尚书，陈子龙官授原职兵科给事中。次年五月清兵攻陷南京，弘光帝被捕。钱柳二人时在南京，柳如是劝钱谦益舍生取义以全大节，钱谦益望着池水退却了，说水太冷，我不行。如是奋而投水，被钱谦益拦腰抱住。清兵入城，钱谦益迎降，不久北上京城。陈子龙则起义兵奔走于松江等地。

1646年正月，钱谦益授官礼部侍郎，《明史》副总裁。是年六月，他以病乞假返回原籍，不再出仕。没有全节，反而降清，这是钱谦益终生的软肋，也是一向自负的柳如是的耻辱柱。她甚至不惜自毁名节来报复，以表达自己愤怒而又不甘的内心。钱谦益北上为官的这半年，柳如是与郑生通奸。钱谦益之子以奸情告官，郑生被杖杀。钱谦益在京写书信斥责他的儿子："柳非郑不活，杀郑是杀柳也。父非柳不活，杀柳是杀父也。汝此举是杀父耳。"他自北归来以后，即对儿子摒弃不理。柳如是在他面前毫不避讳此事，还以丧夫之礼将郑生安葬。后来钱谦益对人说，朝代更替之际，士大夫尚不能坚守节义，又如何能以此要求一个女人呢？李清《三垣笔记》记下了时人的嘲笑："闻者莫不掩口而笑。"一个失节者的可悲与无奈，哪怕在通奸的妻子面前也是抬不起头来的。

在很多今人撰写的柳如是故事中，似乎都有意略去了这段事实，以图成就完美的佳话。但事实就是事实。原来，柳如是是烈女，却不是贞女。不虚美，不隐恶，《柳如是别传》不是小说家言，而是历史让你无言。陈寅恪如此爱重柳如是，因爱其词《金明池·咏寒柳》，而自名寒柳堂、金明馆，命其文集为《寒柳堂集》、《金明馆丛稿》。对于柳如是人生中莫大的污点，也并无略去之意。他罗列各家之说，而完全不予置评，应该算是对于这个奇女子的最大爱护与为君子讳吧。

这一年春天，陈子龙在苏州大败清兵。五月，监临吴易义师。秋天，义师失败。眼看复明大业无望，他经常“沈忧咤叹，至废寝兴”，听说浙东、福州失守，他痛不欲生，“孤筇单幞，混迹缁流”。他将国亡之痛寄之于诗，怆然吟咏：

满目山川极望哀，周原禾黍重徘徊。
丹枫锦树三秋丽，白雁黄云万里来。
雨夜荆榛连茂苑，夕阳麋鹿下胥台。
振衣独上要离墓，痛哭新亭一举杯。

子龙长于诗，吴伟业在《梅村诗话》中赞其“诗特高华雄浑”。他的诗是自我沉郁的抒发，也是批判贰臣的武器。夏秋之际，陈子龙正在苏州。钱谦益南归，途经苏州。就在遗民陈子龙和易代文人钱谦益都逗留在苏州的这段时间，虎丘石上出现了一首无名氏的嘲讽诗。终于，一首诗把陈子龙和柳如是、钱谦益关合到了一起。《陈忠裕公全集》“七律补遗”中有“题虎丘石上”云：

入洛纷纷兴太浓，莼鲈此日又相逢。
黑头早已羞江总，青史何曾用蔡邕。

昔去幸宽沉白马，今归应愧卖庐龙。

最怜攀折章台柳，憔悴西风问阿侬。

或有杂记记其名为“或题虎丘生公石上寄赠大宗伯钱牧斋盛京荣归之作”。第一联说钱谦益自北返吴。第二联说他两朝数次为官，想修史书而未果。第三联庆幸他三次遭贬未遇祸，而今日应愧对所谓荣归。第四联写柳如是私通郑生一事。当时此事在江南早已传遍，以至有老王八之谣。《陈子龙全集》的编者不敢肯定这是子龙的作品，但提到钱谦益看到这首诗后，闷闷不乐数天。陈寅恪先生从诗歌风格、引经据典的特点考证，认为此诗正是几社诗风，且出自深通诗文之人。何况这段时间陈子龙正在苏州，所以陈寅恪认为，倘若不是陈子龙所作，也是弟子或社内其他人所作，经陈子龙修改而得。

钱谦益固然不乐地返回了常熟，陈子龙更怀着绝望开始处理生前身后事。十一月他回老家安葬了祖母，念及平生知交在抗清中零落殆尽而丧未举，他慨然道，如果我死了，又有谁来了却此事呢？于是他出资会葬了夏允彝、周立勋，并作长书焚于亡友夏允彝的墓前，称自己之所以未死，是为了不辜负夏公的复明之志。长书一缕青烟化去，就如同那复明的渺茫。

1647 年五月初，陈子龙被捕。清兵审讯他，他“植立不屈，神色不变”。问他何官，他慨然应道：“崇祯朝兵科给事中。”又问何不剃发，他说：“吾惟留此发以见先帝于地下也。”再问，只是凛然而立，不再回答了。五月十三日，陈子龙被押往南京，在途经松江跨塘桥时，投水而死。死后仍被清军凌

迟斩首,弃尸水中。时年四十。陈子龙死后,捐尽家产、继承父志的夏允彝之子少年英雄夏完淳在《细林夜哭》中为他慷慨悲歌:

去岁平陵鼓声死,与公同渡吴江水。

今年梦断九峰山,旌旗犹映暮山紫。

陈子龙慷慨赴难了。不知道对于旧爱如此悲壮的牺牲,柳如是有没有纪念的诗。不过这时,她正忙于上下打点营救钱谦益。这年三月,因门生黄毓祺写诗讽刺清廷,钱谦益受到牵连,在常熟被逮至南京。柳如是使钱用力,冒死上书,方才将经历四十天牢狱之灾的钱谦益救出。钱谦益逃出生天,陈子龙却舍生取义。

当一切翻天覆地都已过去,钱谦益已不再出仕清廷。他和柳如是联系南明王朝的抗清势力如郑成功等,捐资出力,支持和参与反清运动。历史的烙印终是抹不去的伤痛。后来,钱谦益和柳如是一起同游拂水山庄。钱谦益看见石涧流泉清洁可爱,想在溪中洗脚,却又犹豫不前。如是取笑他,"这是沟渠之水,难道是秦淮河么?"(虞阳说苑本《牧斋遗事》)钱谦益到了老境,日子过得不如意,常常恨曰:要死! 要死! 于是如是喝斥道,明亡之际不死,现在死,不是太晚了么! (顾公燮《消夏闲记选存》"柳如是")钱谦益时常在诗中以梁红玉比柳如是,可惜他自己却不是韩世忠。

康熙三年(1664),钱谦益病卒,享年八十三岁。钱谦益死后一月,柳如是因反击钱氏族人贪图家产而自缢身亡。她临死前写好诉状,书字于壁,要家人并力缚贼，然后报官。终以一死保全了钱谦益的家，使群凶受到处罚。是年，柳如是四十七岁。

乾隆中，朝廷追谥陈子龙“忠裕”公，嘉庆八年(1803)刊行《陈忠裕公全集》。对于钱谦益，乾隆殊无好感，曾于乾隆三十五年有诗评曰：“平生淡节义，两姓事君王。进退都无据，文章那有光？”好在钱谦益和柳如是的苦心经营总算得到黄宗羲的理解，黄宗羲《八哀诗》评其“四海宗盟五十年，心期开后有谁传”，“平生知己谁人是，能不为公一泫然！”九泉之下，钱柳二人的悔之无极或可稍稍释怀吧。

曾经，柳如是有题画诗《墨梅》，诗中写道：

色也凄凉影也孤，墨痕浅晕一枝枯。
千秋知己何人在，还有师雄入梦无？

隋代赵师雄在罗浮山梦与美人饮酒，醒后发现在一株梅树下，美人不再。柳如是此诗没有收在早期诗集《戊寅草》、《湖上草》中，具体创作时间不详，总之是和陈子龙分手以后的事情。这梅恐怕也是她自己的比拟吧，清雅、不俗，内心或许隐匿着枯寂。她如此主动地追求知己，却发现名重一时的学者不过是文章知己，远非信念的知己。千秋知己何处？曾经梦中相遇，又或青春际遇，如梦一场，恍然而去。是斯人已远，还是斯人已逝？知己的千秋渴愿，终是水月镜花。倘若可以重来，她是否会放弃一切名利，所有浮名，追随子龙，只为和他一起慷慨赴死，舍生取义？

（明）仇英　秋江待渡

我见青山多妩媚，料青山见我应如是。

——《贺新郎》

曾经，柳如是有一幅小照，容貌瘦小，而意态幽娴。丰神秀媚，栩栩如生。她坐在榻上，一手倚几，一手执编，牙签缥轴，浮积几榻……传说中的奇女子早已香消玉殒，一纸玉容不知是否还存留人间。至少，她和他们的故事还在人间流传。就如同那首《滚滚红尘》唱着：

分易分，聚难聚，

爱与恨的千古愁。

于是不愿走的你，

要告别已不见的我。

至今世间仍有隐约的耳语，

跟随我俩的传说……

㊄ 才情

人生几何时，怀忧终年岁。

蔡琰字文姬，陈留人。著名学者蔡邕之女，约生于公元175年。她继承家学，博学多才，精通诗书礼乐。

刘昭《幼童传》记载，文姬小时隔墙听父亲弹琴，弦断了。文姬便说，断的是第二根弦。父亲颇有点不信，认为这不过是偶然罢了。于是他又故意弹断一弦，文姬说这是第四根弦。果然无误。其实，有其父必有其女。善知音的父女俩，就连传说都和琴密不可分。史传记载，蔡邕在吴避居时，有人烧桐木取火。蔡邕听到烈火燃烧的声音，就知道那是块好材料，于是抢救出木头。木头制成琴后，果然音色有异常之美。由于琴尾是焦的，故时人名之为“焦尾琴”。对于音乐的把握和神会，女儿文姬也毫不逊色。她不仅自幼即擅听声辨音，后来更以琴曲《胡笳十八拍》扣动世人心弦。父女二人同样精通音律，而且同样是有故事的人，而有故事的人大多命运坎坷。

蔡邕字伯喈，不知何时进入了戏曲故事。宋代戏文《赵贞女蔡二郎》中，他是不忠不孝，最后为暴雷震死的负心汉。就连大诗人陆游都有诗云："斜阳古柳赵家庄，负鼓盲翁正作场。死后是非谁管得？满村听得蔡中郎。"其实翻开历史，《后汉书》记载道："邕性笃孝。母常滞病三年，邕自非寒暑节变，未尝解襟带。不寝寐者十旬。母卒，庐于冢侧，动静以礼。"纯然是个孝子。至于他的绯闻三角，大约就更是莫须有了。否则，这如花似玉、博学多能的女儿文姬，究竟出于发妻赵五娘还是宰相之女，就足够考证成文了。幸而高则诚出于对知识分子的同情，在《琵琶记》中对蔡邕进行了全面的翻案，变成了全忠全孝的形象。蔡邕的故事被后世敷衍得有声有色，其女文姬也未能幸免。她和曹操的一段知己之情，被演绎得风生水起，甚至被拍成电视剧。这些无端想象的戏剧，或悲或喜，但真实的故事却更具有悲摧的力量。

《后汉书·董祀妻》记载的文姬生平很简单：她初嫁河东卫仲道，河东卫家是书香世家。青春作伴不多久，卫仲道病故，年轻的未亡人回到娘家。她被掳到胡营十二年，生下二子。后曹操遣使以金璧赎回，改嫁董祀。史载的故事简单到没有细节，幸而文姬自己有一枝彩笔，她的《悲愤诗》如心史一般把她历经的磨难一一表现出来，总算为苍白的正史略作补遗。

《悲愤诗》的开端始自董卓之乱，这也是文姬蒙尘的根源。前十四句写中平六年(189)至初平三年(192)的动乱历史：董卓杀何太后，淫乱宫廷，发掘陵墓，扰乱天常；他先废再杀少帝，图谋篡位；他逼迫献帝从洛阳迁西汉旧都长安，“挟天子以令诸侯”。一时群雄竞起，袁绍、曹操、孙坚等纷纷起兵征讨董卓。

初平三年三月，董卓的部将李傕为孙坚师所败，流窜到陈留郡，他们的部队中杂有不少羌、氐等少数民族的士兵。所以《悲愤诗》中有“卓众来东下，金甲耀日光。平土人脆弱，来兵皆胡羌”之说。正在陈留娘家的文姬就在此时被掳。这不仅仅是她个人的灾难，也是整个城镇的灭顶之灾。董卓手下群贼攻下城池后的烧杀掳掠，尽入文姬诗中：

猎野围城邑，所向悉破亡。
斩截无孑遗，尸骸相撑拒。
马边悬男头，马后载妇女。

卓众屠杀和抢劫的野蛮行径，有史可参。《三国志·魏书·董卓传》记云：“悉就断其男子头，驾其车牛，载其妇女财物，以所断头系车辕轴，连轸而还洛。云攻贼大获，称万岁。入开阳城门，焚烧其头，以妇女与甲兵为婢妾，至于奸乱宫人公主，其凶逆如此。”就是在这样无比凶险的乱世下，官宦家的小姐文姬也无法幸免于难。身为奴隶，只要稍微表达一下不满，士兵们就会粗暴地恐吓她们。不是痛骂，就是毒打。这种非人的日子，文姬唯有白天痛哭流涕行军路上，夜晚悲吟苦坐。她道是：“欲死不能得，欲生无一可。彼苍者何辜，乃遭此厄祸！”她不禁质问天地，自己何罪之有，竟然遭到这样的劫难？也许她曾指望她的父亲来救助，殊不知，她的父亲在长安也正面临着一场无妄之灾。

董卓虽然乱政，却格外赏识重用蔡邕。这年四月董卓被刺杀后，蔡邕因为一声叹息，被王允投入大牢。蔡邕请求黥首刖足，以便完成史书的编写。诸多文士疾呼刀下留人，马日磾曾恳请："伯喈旷世逸才，多识汉事，当续成后史，为一代大典。且忠孝素著，而所坐无名，诛之无乃失人望乎？"可王允还是将蔡邕置死于狱中。孔融闻而叹曰："汉世之事，谁与正之！"最为人们寄予厚望的，正是蔡邕那枝博学有识的史笔。

兴平二年(195)，李傕等和南匈奴作战失利，文姬便从李傕军中转移到南匈奴军中，再度被掳到平阳，即今山西省临汾县西南。曾经深刻地体会过华夏文明、感受过中原文化的文姬，对边地之苦的叙说是温柔敦厚的。毕竟不论胡地如何落后蛮荒，也是她生活了十多年的家。所以她在诗中说得如此委婉：

边荒与华异，人俗少义理。处所多霜雪，胡风春夏起。
翩翩吹我衣，肃肃入我耳。感时念父母，哀叹无穷已。

"人俗少义理"，意味着被人侮辱、被迫同居等种种遭遇，含有无尽的隐痛于其中。北方天气恶劣，文姬仅仅出以多霜雪、胡风起二句。翩翩吹衣、肃肃入耳的胡风，令文姬感叹着季节的变化。她最思念的莫过于父母至亲。那时，她应该还不知道父亲的死讯。文姬三月被掳，蔡邕被杀是在四月以后。所以文姬才会说“念父母”,才会以为来赎她的是至亲骨肉。这对她来说,究竟是乐是悲呢?至少十年来她虽然压抑着此生难以再见的苦痛,却怀着父母仍然健在的美好愿望。

建安十一年(206),曹操想到故友蔡邕一无子嗣,唯一的女儿流落匈奴,于是派人持金玉等贵重物品将文姬赎回。“邂逅徼时愿,骨肉来迎己”透露出的消息,是她那时根本还不知道是谁来赎自己。她没有想到是曹操,就如同没有想到家中至亲都已不在。《悲愤诗》的第三段就是写这时她和儿子的分别。

虽然自己免除了奴隶的身份,却不得不忍受与儿子的离别之痛。母子连心,何况这一去定然今生今世再也无缘相见。文姬内心已是十分不舍,更难忍儿子上前抱住她,用那稚气的声音追问:“人言母当去,岂复有还时?阿母常仁恻,今何更不慈?我尚未成人,奈何不顾思?”此情此景此语,真是让文姬“见此崩五内,恍惚生狂痴”。她无法回答孩子的话,唯有号泣着抚摸孩子,久久不愿离去。这一去真是无语凝噎,不写自己如何不舍,只说车踟蹰,马不前,路人观者都歔欷不已。那诗人本人呢?其五内俱焚自是不言自明。

至于她如何成为左贤王的女人,左贤王待她如何,她在诗中只字未提。大约是汉胡有别,既归中原,总不能感恩于胡人吧?正如张玉谷《古诗赏析》所点出:“大琰既失身,不忍别者岂止于子。子则其可明言而尤情至者,故特反复详言之。”写在字面上的是明明白白的,然而隐藏在文字里讳言的胡事和感情才更加值得猜度。

文姬归汉，是她多年的心愿。可是作为一个母亲，亲情的分离使她痛苦万状。归汉后，文姬对儿子有不尽的思念，血浓于水的亲情折磨着她。她的《胡笳十八拍》之所以成为千古绝唱，因为它饱含着最深沉真挚、缠绵不尽的情感。前十拍写入胡的原因和经历，充满远隔天涯、离乡背井之痛；后八拍则无不流露出思子的哀愁，如啼血杜鹃，声声悲啼。

“一生辛苦缘离别，十拍悲深兮泪成血！”

“十有二拍兮哀乐均，去住两情兮难具陈！”

“十有三拍兮弦急调悲，肝肠搅刺兮人莫我知！”

“梦中执手兮一喜一悲，觉后痛吾心兮无休歇时！”

唐人李颀有诗曰：“蔡女昔造胡笳声，一弹一十有八拍。胡人落泪沾边草，汉使断肠对归客。”宋人则在《文姬归汉图》中这样诠释：文姬和左贤王相对而泣，大儿牵着她的衣边，小儿在别人的怀中伸着手扑向她，侍女恋恋不舍，汉兵亦生悲悯之心。这是文姬作品中强烈情感的表现，也是后人对她的理解和同情。就连清帝乾隆在《文姬归汉歌题宋人画》中也深深地怜悯她“去留两地不忍言，十八拍中字字苦。”文姬别有骚体《悲愤诗》一首，正是这幅图画的出处。诗中道：

家既迎兮当归宁，临长路兮捐所生。

儿呼母兮啼失声，我掩耳兮不忍听。

追持我兮走茕茕，顿复起兮毁颜形。

还顾之兮破人情，心怛绝兮死复生。

就算有再多不舍，文姬终于还是踏上了归乡的道路。她在胡中深切地怀念故乡，牵挂父母至亲，这种可以为之抛夫别子的强烈动力，大概是诸朝和亲公主体会最为深刻吧。远嫁乌孙土昆莫的细君公主悲愁思归，作《黄鹄歌》抒怀："穹庐为室兮旃为墙，以肉为食兮酪为浆。居常思土兮心内伤，愿为黄鹄兮归故乡。"解忧公主在乌孙数度嫁娶，终于在七十岁时上书汉宣帝，表示"年老思土，愿得归骸骨葬汉地"。大唐宜芬公主于天宝四年嫁给奚霫质子。行至虚池驿，公主悲愁万分，题诗屏上：

出嫁辞乡国，由来此别难。圣恩愁远道，行路泣相看。

沙塞容颜尽，边隅粉黛残。妾心何处断？他日望长安。

"出嫁辞乡国，由来此别难"、"妾心何处断？他日望长安"，这正是远嫁塞外的女子们的共同悲哀。所以无论如何，哪怕割舍了至爱，但存一瓣心香，她们都归心不灭。

《悲愤诗》的最后一个段落，写文姬归汉后的生活和痛苦的心情。文姬回到汉土，满心以为有亲人迎候，可是她看到的故乡早已不再是她记忆中的繁华美丽，至于亲人，早都凋零：

既至家人尽，又复无中外。城郭为山林，庭宇生荆艾。

白骨不知谁，纵横莫覆盖。出门无人声，豺狼号且吠。

此八句极写荒凉冷落，曾经繁荣的城池变成山林，屋宇里长满荆艾。路上横呈枯骨，出门无人，尽是豺狼横行。这个打击对于文姬来说实在是太沉重了，她之所以有勇气抛弃亲子，远行千里回到故乡，正是怀着对故乡的美好记忆和与亲人重逢的期待。在深深的失望与痛苦中，文姬独自守着这份凄凉，悲叹直摧肺腑。她登高远望，顿有魂飞魄散之恍惚，奄奄一息，仿佛生命走到了终点。因为旁人的劝慰，她终于勉强地活下来。可是她不知道，生存的意义究竟在哪里？

曹操是如此体恤她，很快将她许配给董祀。三嫁为新人，她的内心充满了苦涩和哀伤："托命于新人，竭心自勖厉。流离成鄙贱，常恐复捐废。"她虽然不断地自我鼓励，却抹不去那自伤鄙贱的心意，唯恐被人轻视。

《悲愤诗》是文姬半生的传记，字里行间，点点滴滴，都是她对于自己一生遭遇的悲吟。诗名"悲愤"，这番悲愤除了自我抒发，却连个怨艾的对象都没有。半生三嫁，哪里有她的半点错！怨父亲？父亲也是时事的牺牲者；怨左贤王？至少他是自己儿子的父亲。怨曹操让自己夫离子散？可是回到中原正是自己梦寐以求的夙愿。她似乎怨不到任何人，每个人其实都有恩于她，在她生命最孤独无助的时候施以援手。那为何她的命运还如此悲惨？也许这才是最可悲之处！无从发泄的悲愤，恨无其处，终落得最后一句：

（金）张□□　文姬归汉图

家既迎兮当归宁，临长路兮捐所生。
儿呼母兮啼失声，我掩耳兮不忍听。
追持我兮走茕茕，顿复起兮毁颜形。
还顾之兮破人情，心怛绝兮死复生。

——《悲愤诗》

人生几何时，怀忧终年岁。

正如张玉谷《古诗赏析》所称："总束通章，是悲愤大结穴处。"

《悲愤诗》里的事写到此处，但生活中的故事还在继续。

据说，董祀对这个虽有才华却不尽年轻的妻子是不以为意的。然而他很快犯了死罪，是文姬以尊严为代价，把他从生死线上救了回来。这是《后汉书》所载，那时曹操正和官员们饮宴，文姬作为犯妇的妻子，蓬着头，光着脚，前往恳请曹操刀下留人。曹操对百官说，蔡伯喈的女儿正在外面，今日为诸君引见。文姬叩头请罪，陈词申诉，"音词清辩，旨甚酸哀，众皆为改容"。曹操道，你说得确实很有道理，可是判决的公文已经发出，又能如何呢？文姬云："明公厩马万匹，虎士成林，何惜疾足一骑，而不济垂死之命乎！"曹操被文姬的言辞打动，终于派人追回成命。那时天还很寒冷，曹操颇为怜惜文姬，赐给她头巾与鞋袜。谈到蔡邕的诸多书籍，曹操问文姬还能记得否？文姬道："昔亡父赐书四千许卷，流离涂炭，罔有存者。今所诵忆，裁四百余篇耳。"曹操一听大喜，当即要派十个人去帮她抄写，文姬以男女之别婉拒。后来她亲自誊写出这四百篇给曹操，据说"文无遗误"。这四百篇在乱世之后得存，真是弥足珍贵。文姬历经世事沧桑，为奴为妻，仍能一字不差地记得四百卷文字，真是令人惊叹。虽然在《悲愤诗》中她一字未提父亲，但这四百卷文章的失而复得，正是她对父亲最好的纪念。

后来文姬和董祀一起隐居山林。她最后一次出现，是在那个著名的谜语故事中。行军途中，曹操路过董祀家，进去小坐，文姬殷勤侍奉。临走前，曹操看到墙上一幅字，正是蔡邕所题写的曹娥碑文："黄绢幼妇，外孙齑臼。"曹操问这是何意？文姬说不知。出得门来，曹操问杨修，杨修说已知。良久，曹操终于悟出这个谜面的谜底是"绝妙好辞"四字，于是对杨修叹曰："我才不如卿三十里。"

这段脍炙人口的故事之后，正史、野史中就都不再有文姬的踪迹了。但她的《胡笳十八拍》琴曲还在继续为人传唱。宋人郭茂倩《乐府诗集》称文姬"春月登胡殿，感笳之音"而为胡笳曲，唐人刘商《胡笳曲序》则云文姬归汉后，"董生以琴写胡笳声为十八拍。不论《胡笳十八拍》琴曲究竟从何而来，刘商的《胡笳曲序》终于隐约透露出文姬后来的生活，既然"董生以琴写胡笳声为十八拍"，那么说明后来文姬和董祀确实是夫唱妇随、琴瑟和谐的。对于历经坎坷悲愤的才女来说，这总算是一个美满的归宿了。

悠悠十二年来事，尽在明堂一醉间。

云南孟府中，两位年少的英俊公子比箭正到酣处。一位是云南总督之子皇甫少华，一位是当朝皇后胞弟刘奎璧。都是满门贵戚，却偏偏同一天来到孟府求亲。为难的孟尚书说，那就将御赐宫袍悬于杨柳，看谁先射下宫袍披上身吧。

垂杨万枝，宫袍高挂。皇甫少华一箭射中红绳，披得宫袍，聘得那位千娇百媚、博学多才的丽君小姐。热闹的人群之外，丽君安坐高楼，女伴苏映雪凭栏观望，早已芳心暗许。刘奎璧火烧小春庭，没有害成少华，倒是妹妹刘燕玉又与之订下婚约。一计不成，再生一计。终于，皇甫敬身陷敌营，皇甫少华四海逃亡。一道圣旨，将丽君钦点给刘奎璧。

丽君被逼婚,嫁还是不嫁?一女不嫁二夫,却要如何维护忠贞节义?

弹词《再生缘》写到这里,十八岁的陈端生不禁沉吟了。这以后,丽君该何去何从呢?虽然说什么"编书不过消闲闷"、"暂博慈亲笑口开",可是她怎能不为其中的人物神思牵挂?

这一年,因为祖父陈句山和父亲都在北京为官,端生和母亲妹妹也一起随任。端生的祖父是桐城派方苞的得意门生,如今杭州十景之一"柳浪闻莺"正门对面,河坊街556号院内有座小句山,又叫句山樵舍,便是他的故居。陈端生生于这样有知识的家庭是幸运的,更何况祖父一向主张女子有才亦有德,认为读书不仅能够启发性灵,对于相夫教子也大有裨益。端生从小接受了温柔敦厚的诗教传统,却走上了创作通俗叙事文学的道路。

这年的秋天,她开始了《再生缘》的写作,开篇即道:

闺帷无事小窗前,秋夜初寒转未眠。
灯影斜摇书案侧,雨声频滴曲栏边。
闲拈新思难成句,略捡微词可作篇。
今夜安闲权自适,聊将彩笔写良缘。

写作之初是随兴而散漫的。无所事事的秋夜,雨点打在窗边,激起多少少女的情事。别人的故事,自己的心情。既是写良缘,那时闺阁中的端生设想的大概是个波折丛生,然而注定团圆的结局吧?以《再生缘》为题名，就是为《玉钏缘》作的续篇。深感前书人物不尽如人意，所以再编写他们的来生故事。

写作过程漫长而辛苦，端生常常这样鼓励自己：既然写了，就努力写完吧。写到第二卷的时候已是冬日。满阶残叶，庭院深雪。砚池上结起薄薄的冰。晚上，她拨起炉火取暖，清晨就着初明的日光加紧写作。白天女红的工作已让她深感疲惫，但她还是迫不及待夜暮的降临。不管天有多寒冷，创作的热烈欲望让她忘却一切，所谓："夜拨炉火还静坐，晓怜日影趁闲篇。短昼不堪勤绣作，仍为相续再生缘。"

第三卷开篇，早已是雪花漫飞。墨水凝冰，不得不时时用火化开。冷风透窗，端生却常常一坐到天明，直到太阳升起照着庭院。她埋头苦写，女工早已荒废："已废女工徒岁月，因随母性学痴愚。"显然母亲是她背后最大的精神力量和推手，她们一起创作神游也未可知。端生的足迹从未到过云南，却把故事的开端放在了那里，大约是因为外祖父曾经在云南为官，母亲定然给她讲过不少云南的美好旧事吧。何况，既然写作是博母笑颜，这个丽君是否多少有她母亲的影子呢？

次年，端生十九岁。仲春初五，她写完了第三卷。端生和普通的年轻少女一样，热爱着春天的花花草草。她赏春爱春，在春深的庭院里流连，写下伤春的诗篇。傍晚的时候，她还在高高的楼台上放起风筝。稍歇了两天，端生收起玩心，坐到清净的书窗前，续起前言。

三卷写罢，面对逼嫁，多才的孟丽君留下真容，离家出走，誓要搏个功名，兴复皇甫家。第四卷内，代嫁的苏映雪刺奸不成，跳入昆明湖，为梁鉴宰相所救,收为义女,名梁素华。跋涉途中的孟丽君改名郦君玉(明堂),为郦家收为义子,连中会元。第五卷中,刘皇后难产而死,刘家大势已去。梁素华抛绣球,郦明堂作了东床婿。二女洞房那场,端生把满腹疑虑,互相刺探又绝不相让的两个女子写得声色飞扬。第六卷太皇太后病不能愈,幸得郦状元妙解岐黄。郦明堂以救治之功,自此平步青云。拜尚书,开武科,收门生,点了皇甫少华作状元郎。

这个春天,端生文思如泉涌,走笔如飞。看明堂走马游街多意兴,谁说只有男人可以洞房花烛夜,金榜题名时?写到这里,端生真是洋洋洒洒难以自持。她把种种志满意得赋予她笔下的郦明堂。女人的梦想,是和男人比肩,甚至比他们做得更好。从今以后直到十七卷,端生再没有以“丽君”称呼她,或以明堂、或以保和学士等官职相称。这番女扮男装,直写得得意洋洋,忘乎所以。很多年后,当梁德绳的续书一出,主人公居然自称“丽君”,代入感和扬眉吐气的得意已经是完全不同了。

初夏来临,榴花吐艳,艾叶飘香。柔弱的小女子却在这里奋战沙场,写尽波澜。第七八卷写皇甫姐弟征战有功,平定边疆,雪父沉冤。皇甫一门封王,皇甫长华为后,刘家满门下狱。少华许下三年守节之愿,郦明堂限于师生之礼,无意将实情点破。

六月,端生的父亲改任。一家人离开北京,舟车劳顿,来到山东。八月下旬,端生才得以重新开始写就她的故事。端生用四个月时间写了五卷(九至十三卷),是最高产的一段时间。这五卷中,因为刘燕玉恳请少华相救,刘家得到赦免。刘燕玉嫁给少华,却因少华三年之愿而暂守空房。孟夫人来到京城，少华初见丽君真容，惊为天人，却也发现了真容与恩师样貌如出一辙。从此少华、孟府合力开始了与明堂的角力。他们一次次试探，她一次次回避。他们一次次设计揭穿明堂的身份，却被她一次次巧言辩过。直至不惜当庭撕本章，脱官袍，轰轰烈烈，羞父辱夫。冤仇欲了，小儿女恩怨难分。

这期间，端生常常是挑灯不倦，或在漂泊的船上，或在秋居的宅中，时时听风雨，夜夜听秋虫。孜孜不倦，奋笔疾书。浩浩荡荡的笔墨从她的指间流溢而出，那笔墨中有曲折的故事，有女子的绝世才情，有男女不平的怨艾，更有情愫的九转回肠。端生是如此自矜于自己的才华，第十二卷卷首她道：

佳时莫赘升平象，妙笔仍翻幻化文。
七字包含多少事，一篇周折万千情。
才如笑自吟香态，又转兴风作浪声。
好似琵琶传曲调，真同琴瑟鼓和鸣。
慢来薄雾飘银汉，急处飞流下翠岭。
闲绪闲心都写入，自观自得遂编成。

她自认笔墨张弛得度，或深或浅如琵琶，或缓或急似飞瀑。人情冷暖，笔笔写到。郭沫若认为这绝不算夸张，他说："全书波浪层出，云烟缭绕，神龙游戏，天矫不群。"

二十岁的春天，端生已经完成了十六卷。十六卷末的时候，已是春残，卷末流露出少有的伤感。她道："前几本，虽然笔笔功夫久；这一卷，越觉芸窗月日遥。起头时，芳草初生春正好；收尾时，杏花红坠惜春消。良可叹，实堪伤，流水光阴暮复朝。"或许是因为书中的郦明堂这时已被皇甫皇后和太后的三杯玉红春灌得酩酊大醉，宫女脱靴，验出真身。笔下这个男装的女人，骄傲又性烈，她还要更努力地维护本不应拥有的地位与权力么？一个女人的雄心就这样破灭。写到这里，同样心气高傲的端生是不是也感同身受了这种绝望和无助？貌美才高的孟丽君，何去何从？

端生是迟疑了，她停顿了生花的彩笔。也许，这时她的母亲病了。因为这年七月，母亲去世了，这对端生是一个非常沉重的打击。母亲汪氏有良好的文学素养，母亲教她们姐妹念诗，做诗，指教文字。因为这部《再生缘》，她更是时常和母亲谈论不休，为笔下的人物激动不已。母亲是她的第一读者，是她的评论家，是她故事的参与者，是她的知音。母亲去世后，端生心灰意冷，失去了写作的动力。正如她在十七卷卷首所写："慈母解颐频指教，痴儿说梦更缠绵。自从憔悴堂萱后，遂使芸湘彩笔捐。"

《再生缘》一搁就是十四年。青春的梦被弃却，覆满尘灰。

风华正茂的端生回到了一个平凡女子的日常生活。二十三岁那年，端生嫁给了绍兴的范秋塘。夫妻俩挑灯伴读，共饮香茶，雨夜联诗，倒也快快乐乐。所谓"挑灯伴读茶汤废，刻烛催诗笑语联。锦瑟喜同心好合，明珠早向掌中悬。"

四年后，端生的三妹长生出嫁了。端生姐妹二人感情很好。端生字秋谷,诗集名绘影,长生则字春田,集名绘声。当年在北京开始创作《再生缘》时,她们生活得何等如意。“姊妹联床听夜雨,椿萱分韵课诗篇”,夜里联床听雨,和母妹一起做诗,想必还会一起讨论孟丽君的命运。如今母亲去世了,妹妹也出嫁了,旧时的闺阁尘影都已散去。惟有春田秋谷,绘声绘影,印证着从前的相得益彰。陈长生是有才性的随园女弟子,她善写诗,更嫁得如意。丈夫官至广西巡抚,陈文述称她是“福慧双修之巡抚夫人”。

至于端生,才情虽高,却无奈的走上薄命一路。端生三十岁那年,范秋塘应试请人代笔,发现后被发配伊犁为奴。端生独自带着一双儿女,生活倍感艰难。她写道:“一曲惊弦弦顿绝,半轮破镜镜难圆。失群征雁斜阳外,羁旅愁人绝塞边。从此心伤情杳渺,年来断肠意犹煎。”一方面是离愁别绪,另一方面,自己才华横溢,却无法逃避丈夫带来的屈辱和无奈,但最后仍归于痴心不悔的等待。

三十四岁那年,心灰意冷的端生终于听取了亲友们的建议,开始续写《再生缘》。端生在《再生缘》十七卷卷首写道:“悠悠十二年来事,尽在明堂一醉间。”这是故事里的事了,可是体会作者心境,从纯真无虑的少女时代,到母亲的骤然离世;从婚姻和谐,到夫妻仳离;从骄傲自信到夫婿作弊的屈辱,这其间十数年,历尽了种种波折,而书中的人物,不过一醉而已。接着写下来时,笔下的明堂终于醒了,却发现所有的事情都已改变,再难掌握。对于端生而言,时间的相对,心情的相对,真是用一句似乎漫不经心的弹词,曲尽了心中的无限感慨。

这时,未完的十六卷《再生缘》早已风靡江浙。无论闺阁知音,还是长辈,都叮嘱她有始有终,"必欲使凤友鸾交续旧弦。皇甫少华谐伉俪,明堂郦相毕姻缘"。将近一年的时间,她才勉力完成了第十七卷。这一卷中,天子逼迫明堂以三日为限上本承情,却不许她自名丽君,一心将其纳入后宫。明堂气急攻心,口吐鲜血。

那恰是明堂命运的重要关头,端生就此辍笔。在端生的笔下,郦明堂永远定格在十九岁位居三台,但是三十四岁的心如何体会十九岁的张扬无畏?端生曾经怨艾,为何会叫这本书《再生缘》,莫非这就是谶,预示着她和丈夫的情分只有来生再续?回看前十六卷,也许最不尽相同的地方在于,端生的笔下,那曾经有点花心却宽容的君主展现了其威严又霸道的一面。君威非儿戏,伴君如伴虎,这才是端生在这一卷中表达的重点。丈夫作弊一案,六人远谪边疆,两家家长被责管教不力。君威之怖,让端生感受到切肤之痛。尽管她也说,"造物不须相忌我,我正是,断肠人恨不团圆"。这是提笔之初她对亲友们的一种保证吧。不写悲剧,要团圆。可是事态的发展竟是不容控制的,要怎么写,才能写回那百年良缘?毕竟青春的激情已经一去不返,作品中的男女情事更让她心伤意惨,她说,除非自己的丈夫回来,否则书中的人物是不可能团圆的。或许,她在离别中实在不堪描写团圆的喜悦。

一去十六年,范秋塘终于回来了。

端生四十六岁了,早已心气衰弱,再不提续写之事。青春的梦已经远逝,孟丽君的风采也再难寻觅。不久,端生去世了,留下一部残篇,风靡万千女性。书中的孟丽君成为她精神的写照,才华绝世,至柔至刚,丰神无双。

端生去世的消息传到长生那里，她不禁悲痛地写下了《哭春田大姊》：

捧到乡书意转惊，尚疑恶耗不分明。
牵萝不厌茹荼苦，咏絮真同嚼雪清。
久任劬劳难撒手，重亲膏沐倍伤情。
残篇未了凭谁续，那得奇缘说再生。

对于从十一岁起就读着姐姐的《再生缘》长大的妹妹长生来说，《再生缘》就像端生命运的延续，而端生也在这种牵念中得到了永生。如今人已逝，而残篇犹在，那旧时岁月的种种美好真是令人心碎。端生人生的两大遗憾：一是《再生缘》未完，一是夫妻生别十六年。长生对此亦深以为恨，所谓“残篇未了凭谁续，那得奇缘说再生”，“可堪宝镜重圆日，已是瑶钗欲折时。”

二十五年后，人们终于不能忍受这样一部优秀的作品竟未完成，人们期待结局。于是又有两个颇有才情的女子出现了。梁德绳(1771—1847)，字楚生，号古春，钱塘人。侍郎梁敦书女，主事许宗彦妻。有《古春轩诗词抄》。她博学善教，不仅三子成名，二女许云林、许云姜和甥女汪端都是才女。她乐善好施，有古列女风。梁德绳工诗书，丈夫的文集就是她一手编订的。她续写了全书的后三回，这三回没有特别精彩的内容，人物也没有神采和激情，毕竟那时她六十多岁了，心态很庄重，愿意人世美满，所以赋予了全书一个大团圆的结局，满足了普通读者的愿望，却不免浅俗。另一位叫侯芝，号称香叶阁主人，她改订了弹词的部分字句。她们的续补，促成了《再生缘》一书的刊行。

清代以降，《再生缘》居于弹词小说之冠，不仅赢得众多读者，也得到了学者们的至高推崇。国学大师陈寅恪是如此欣赏它，1954 年，他写了《论再生缘》，认为陈端生的艺术成就不在李白、杜甫之下。他声称这个观点“噤不敢发，荏苒数十年，迟至暮齿，始为之一吐”，乃至“不顾当世及后来通人之讪笑”。诗人郭沫若亦沉醉其中，高度赞扬孟丽君的叛逆性，认为她“挟爵禄名位以反男尊女卑，挟君威而不认父母，挟师道而不认丈夫，挟贞操节烈而抗朝廷。”

这一切评价其实都无关紧要。对于读者来说，只想知道如果是端生的笔，写下的故事结局究竟会如何？是悲，是喜？是笑，是泪？无论如何，只有她写下的结局，才会平息百年以下对故事的纷沓想像。可惜，写完十七卷后的十年时间，她终于还是舍弃了它——至爱至痛的《再生缘》。

（清）冷枚　春闺倦读图

冒雨微行意挂牵，机关用尽也徒然。
心如铁石真难转，至死无他不二天。
——《再生缘》

九泉寄语需相待，独坐挑灯泪满巾。

《红楼梦》的故事原型，早期索隐派可谓猜测种种。有人说是明珠家，因为清代第一词人纳兰性德与宝玉何其相似；也有人说是荣王府家的奕绘和太清。满族女词人西林太清(1799—1877)在二十六岁那年嫁给乾隆第五子荣亲王永琪的孙子奕绘(1799—1838)，两人精通诗书，吟诗咏画，是一对令人称羡的夫妻。因为两人的亲戚关系就如同宝玉之于湘云，而他们俩的爱恋与结社唱和似足大观园里的风雅，至于他们居住的荣亲王府和荣国府更只有一字之差。其实《红楼梦》流传在先，奕绘和太清婚恋在后，这不过是时人的附会罢了。但他们生活的种种，却似乎逃不开和《红楼梦》千思万缕的神交。

年轻时的奕绘曾经写过一首《戏题曹雪芹石头记》：

梦里因缘那得真，名花簇影玉楼春。
形容般若无明漏，示现毗卢有色身。
离恨可怜承露草，遗才谁识补天人。
九重斡运何年阙？似向娲皇一问津。

当他真的在太平湖府遇上美丽多才的太清时，他的梦里因缘便也开始了。

太清本姓西林觉罗氏，名春，字梅仙，号太清，一号云槎外史。满族镶蓝旗人，本名西林春。1755年，祖父鄂昌因受胡中藻文字狱牵连，被赐自尽，家道中落。太清的父亲鄂实峰在京城无处容身，被迫迁往香山。一家人顶着“罪人之后”的帽子，过着贫困的游牧生计。但是他们没有抛弃诗书传家的传统，太清的哥哥鄂少峰和妹妹西林霞仙都能文会写，兄妹三人对文学有很深的造诣。作为荣亲王府老太福晋的内侄女，太清也常常到荣亲王府走动。当府中的格格们需要寻觅一位博学多才的私塾女教师时，才情高雅的西林太清就理所当然地居留于荣亲王府。这时的奕绘也就二十多岁，他爱写诗，浪漫多情，热衷和姐姐妹妹们结社唱和，这正与大观园中的情境相仿佛。太清也和他们一起吟咏联句，她才情敏捷，总是援笔立就。多情公子奕绘被这个家境贫寒却貌美才多的家庭女教师深深吸引并折服了，两颗年轻的心碰撞出热烈的火花。

大观园中的宝黛爱得缠绵又隐讳,奕绘和太清追求爱情的勇气比却宝黛勇敢许多,正因如此,他们争取到了十四年神仙美眷般的快乐时光。

那时,奕绘已有发妻妙华夫人,二人感情也很好,二十岁前就曾情投意合地合著过《妙莲华集》。这时,他想将太清纳为侧室夫人,可是按清朝的规定这是没可能的。一来太清是满洲大族西林觉罗氏的后人,不能被纳为侍妾,同时她又是罪人之后。与制不合,成为他们之间最大的障碍。为了爱情,奕绘想尽办法,而且愿意等待。按清朝宗人府的规定,王爷贝勒要娶侍妾,只能在本府仆人的女儿中选择。奕绘不惜铤而走险。他找到父亲最器重的老府员顾文星,请求允许太清冒充他的女儿。顾文星出于忠诚,觉得少爷冒着丢弃顶戴花翎的风险很不值得,于是婉拒。加上奕绘的母亲本来也反对儿子娶罪人之后,这桩婚事就不得不暂时搁浅了。他们的爱情被彻底孤立,太清也黯然回到了香山。

他们的爱情得以成就是偶然的。因为顾文星的去世,他的儿子退守了原则的底线,太清终于以顾文星之女的身份呈报宗人府,如愿以偿地嫁为奕绘侧室。从此她以顾太清的名义,生活在太平湖荣王府的天游阁。然而他们爱情的成就又是必然的,因为从爱情的萌芽到结为良缘,他们承受了太多的相思、煎熬,却依然坚守。这年,他们两人都二十六岁了。

后来,奕绘在题太清天游阁的《浣溪沙》中写道:“此日天游阁里人,当年尝遍苦酸辛。定交犹记甲申春”,“旷劫姻缘成眷属”。甲申春就是道光四年(1824),正是在这年他们结为夫妇。回首往事,真是备尝苦辛,然而这一切都是值得的。

清代的荣王府一向文风昌盛。第一代荣亲王是乾隆的五子永琪。他满文、蒙文、骑术、琴棋书画等样样皆通，文武双全，是乾隆属意的继承人。1763年圆明园发生火灾，正是永琪奋勇将乾隆背出火场，可谓忠勇。可惜永琪生不假年，二十六岁时就因病去世了。其子绵亿也长于书画，颇有学识。奕绘作为绵亿的长子，承袭了爵位，也继承了家学。他不仅有著作若干，在小学方面还和王引之合编过《康熙字典考证》。太清于归到这样的人家，真是如鱼得水。

奕绘和太清二人唱和甚多，情感笃厚。太清多次参加贝勒府的雅集，交游广泛。他们一同赏鉴书画，一起秉烛论诗，一起吟风咏月。太清词集名《东海渔歌》，奕绘所作词集名《西山樵唱》，足见二人心思之契合。太清有《次夫子草堂暴雨韵》、《借读石画诗三十二首同夫子作》、《画眉石次夫子韵》、《夏至，同夫子登天游阁》等诗，从中略可看出，他们是如何随时分享着生活的种种乐趣和情致。每逢佳节，他们还常常结伴出游，逛尽北京周边风光。满族女子们都善骑马，所以他们一旦出门都是并辔而行。他们曾经雪中畅游西山，太清作内家妆，披着红斗篷，在马上弹着铁琵琶。但见她手白如玉脂，在漆黑如墨的琵琶的映衬下，真是一幅绝美的图画。路人惊为昭君出塞图，由此可以想见太清之风华绝代。

1830年，妙华夫人去世。奕绘没有再娶正妻，从此和太清一心一意。他们生儿育女，将儿女的成长也都尽付笔端。太清是慈爱的母亲，也是一个极富童真的女人。她笔下的儿童游戏是那么富有情趣。1835年，太清长子载钊十一岁了。春天里，孩子们四处采茵陈，太清兴致勃勃地记下了一首《迎春乐·乙未新正四日看钊儿等采茵陈》：

东风近日来多少？早又蜂儿了。纸鸢几朵浮天杪，点染初晴如扫。　暖处有星星细草，看群儿缘阶寻绕，采采茵陈茎苡，提个篮儿小。

孩子们只顾忙着采茵陈，太清看着孩子们的嬉戏，却发现了春天的种种细微消息。蜂儿又至，风筝如云，星星细草。“缘阶寻绕”、“提个篮儿小”几个简简单单的动作，就把孩子们的烂漫情态呼之欲出。太清的词如童谣一般清新，一派其乐融融。当然她绝不只是一般的家庭主妇，看儿童游戏，她亦会想到更深邃的人生。《惜分钗·咏空冲》一词写道：

春将至，晴天气，消闲坐看儿童戏。借天风，鼓其中，结采为绳，截足为筒。空！空！　人间事，观愚智，大都制器存深意。理无穷，事无终，实则能鸣，虚则能容。冲！冲！

词中上阙是极富童真的描写，下阙却是看透事世的哲理。单纯却又睿智，这种看似矛盾又奇妙的特质，大约也是奕绘深深迷恋她的原因吧。儿女成群的天伦之乐固然令人沉迷，奕绘和太清还是如此热衷于二人世界的相守相依。

1834年，奕绘和太清到北京房山大南峪的天台寺郊游，只见这里群山万壑，树木葱茏。夫妻二人都非常喜欢这里的风物，于是与天台寺置换了土地，在这里修建了属于他们的别墅和墓园。据太清六世嫡孙女金适学者介绍，别墅有房64间，窗棂、格扇的花纹都是奕绘亲手绘制，各处匾额也均是他亲自题写，足见他对这里的爱重。别墅兴建后，奕绘和太清在这片山清水秀、鸟语花香的山水之间，尽享着他们的情趣，平静又快乐。这样的幸福时光真盼望天长地久，可惜只有四年不到。

1838年七月初七，本是天上牛郎织女相会的七夕佳节，年仅四十岁的奕绘却溘然而逝，撒手了人间的这段恩爱。更令人雪上加霜的是，奕绘尸骨未寒的十月二十八日，太清就被勒令带着儿女离开太平湖的荣王府，开始了独居在外的生活。她的诗前小序写道："七月七日先夫子弃世，十月二十八日奉堂上命。携钊、初两儿，叔文、以文两女，移居邸外，无所栖迟。卖金凤钗，购得住宅一区。赋诗以记之。"诗注称，其时在西城养马营租房数间暂住。

在被逐这件事上，后人揣测各出想像。流传得最为广泛，也最为人们津津乐道的是"丁香花公案"，即认为太清和龚自珍的私情导致她被荣府逐出。龚自珍在《己亥杂诗》第209首《忆宣武门内太平湖之丁香花》中写道："空山徒倚倦游身，梦见城西阆苑春。一骑传笺朱村晚，临风递与缟衣人。"荣亲王府就在太平湖，而缟衣人，便被附会为爱穿白衣素服的太清。曾朴在《孽海花》中就曾经影射过这段情。但自清代以来，况周颐、孟森、苏雪林等学者纷纷为太清辩诬，称龚自珍虽曾出入荣王府与奕绘夫妇相与唱和，但私情一事纯为小说家言。这个流言的始作俑者，即为太清词作注的冒广

（宋）无款 冬日婴戏图

东风近日来多少？早又蜂儿了。纸鸢几朵浮天杪，点染初晴如扫。暖处有星星细草，看群儿缘阶寻绕，采采茵陈茎苡，提个篮儿小。

——《迎春乐》

生，也终于不得不承认此说“不过遐想”、“不意作者拾掇入书，唐突至此，我当堕拔舌地狱矣”。

关于太清出府一事，也许还是她的后人说得最准确吧。金适《西林太清与荣亲王府》说明其中一切原委，原来在于一个“妨”字。婚后第二年，太清的长子载钊和妙华夫人的次子载钦同年出生。次年，载钦不幸夭折，当时就有风言风语说载钊“妨”嫡。五年后妙华夫人去世，似乎更坐实了载钊的“妨”嫡之名。1838 年，四十岁的奕绘英年早逝，载钊十四岁。奕绘的卒日是七月初七，这一天，正是载钊的生日。“妨”的罪名几乎就是事实了。

作为女人，太清很无奈。尽管在宗人府的纪录中，载钊的出生时日本就是一个无可更改的事实。可是为了回避这种因果，她在自己的诗中刻意地掩饰着，即如《初九日清风阁望钊儿》诗自注道：“钊儿生于乙酉七月初九……”这纯属画蛇添足的一笔，很可见到太清在“妨”字一事上复杂的内心。面对“妨”的铁证，太福晋十分愤怒，遂令太清率“所生”于奕绘死后不久移出太平湖荣王府，这个“所生”主要指的就是“克”死兄弟和父亲的载钊。

太清被迫出府，一去二十年。

1840 年，太清在《庚子生日，哭先夫子》中血泪相和：

九泉寄语需相待，独坐挑灯泪满巾。

曾经有丈夫的臂膀为她遮挡一切风雨，如今，她却要独自承载所有的苦痛和负担。略微能够温暖心意的，大约唯有儿女亲情和友情。她把丰富的感情投向她的朋友，对梁德绳之女许云林、许云姜一片真情，“故人千里寄书来，快些开，慢些开，不知书中安否费疑猜。别后炎凉时序改，江南江北，动离情，自徘徊”。这等深情厚意笔笔皆是。

1857年，太清五十九岁了，奕绘也已经去世二十年。妙华夫人的长子载钧去世，太清的孙子溥楣继承封袭，终于将太清迎回了荣王府。只是这时荣王府早已迁出太平湖府，改于大佛寺北岔府中。回到不再是和丈夫曾经相濡以沫的荣王府，深感物非人非的太清情何以堪！幸而这时她已经老了，体会了太多的人情冷暖，安定无忧的生活再次来临之际，她提起那枝写诗写词的笔，开始创作《红楼梦影》。她将一生的体验和阅历投入其中，印证着冥冥之中她和奕绘与《红楼梦》的缘分。

第八回中，黛玉二十岁冥寿，宝玉前去祭拜。二人梦中相见，终于将一段未果的爱恋付诸以身相许。醒后，宝玉分不清是梦是真，唯道“也不管他是不是梦，也算了结了我二人的心愿”。太清于此处遂将奕绘年轻时的一句“梦里姻缘那得真”敷衍成文，或许这正是他们当年秉烛夜话时曾经探讨过的红楼遗恨吧。在细节处理中，太清“虚描实写，傍见侧出，回顾前踪，一丝不漏”，将她丰富的生活积淀落入小说中。其中有北京的风土人情，对于饮食、节庆等活动亦都别有会心，至于姐妹们的诗词联吟更是她的拿手好戏。写景她避开大观园，反写诸人游乐西山，将她热爱的山水佳处信手拈来。

1861年，太清写完《红楼梦影》。这时太清已俨然贾母的年纪和身份，怀着对人世的美好愿望，以“荣府由否渐亨，一秉循环之理”、“善善恶恶，教忠作孝,不失诗人温柔敦厚本旨”为宗旨,写人人高中,兄弟和睦,给予了《红楼梦》中的人物以美满平淡的结局。这本书出版于 1877 年,很快淹没于众多的红楼续书中。

《红楼梦》当然不是以奕绘和太清为原型,但《红楼梦影》却处处是他们的影子。荣府的渐入佳境,大约和她自身的处境也相一致。随着时间的久远,作为罪人之后的记忆已经淡去。太清的作品署名开始恢复她为西林春或西林太清的本名。又过了二十年,七十九岁的太清老病而去。太久了,不知道四十岁的奕绘是否还会在奈何桥上等待?

至于太清的文名。况周颐在《蕙风词话》中早已将太清和纳兰性德相提并论:“男中成容若,女中太清春。”旧的制度早已瓦解,荣王府的昌盛文风犹存。奕绘和太清的四世孙恒煦是研究女真文字、契丹文字的先驱,五世孙金启孮先生是满蒙文史研究大家,六世嫡孙女金适从事农业研究,却也精通满蒙族文化,是现今为数不多的满文书法家。

大南峪的清风阁犹在,青山叠翠中似仍有那相与吟咏的欢笑……

漫云女子不英雄，万里乘风独向东。

1907年三月十七日，风光旖旎的西湖上，一叶小舟随风而走。秋瑾与好友徐自华正泛舟湖上，同瞻岳坟。看春光无限美好，秋瑾不禁叹道：如果死后能够葬在这里，便是我的福分了。徐自华随即说："你如果死了，我一定将你葬于此处。但如果是我先死，你能够把我也安葬在这里么？"秋瑾笑言，那就看谁方便行事了。一段对话，似假还真，两位女中英杰就这样将生死付诸笑语。四个月后，一语成谶，这段戏语顿成一桩死生承诺。

秋瑾（1877—1907）原名闺瑾，又字竞雄，号鉴湖女侠，山阴人。有《秋瑾女侠遗集》。她是民主革命家、诗人和妇女运动先驱者。秋瑾天资聪颖，十一岁时已会作诗，相比较那些风花雪月的作品，她更喜欢吟咏杜甫、辛弃疾那样具有使命感和责任感的诗词。

1896 年，思想进步的秋瑾嫁给了富家子弟王廷钧。王廷钧样貌英俊，但是不学无术，文学造诣远不如秋瑾。夫妻二人话不投机，感情不好，经常争吵。对于包办婚姻的苦楚，秋瑾后来在写长篇弹词《精卫石》时，曾经借戏中笔墨来抒发自己的块垒：

> 把你关得紧紧，如幽囚犯人一样，有苦无门可诉，气死了，凌虐了，旁人也不能说句公平冤苦话。若又遇了恶的姑嫜，讨了一房媳妇，好似牢头增了一个罪囚。……种种虐待，务使你毫无生人之趣。儿子有罪，都归在媳妇身上；东西不见了，就说媳妇偷了，送娘家去了……

凡此种种，大概是秋瑾在现实生活中的深刻体会吧。她在给大哥秋誉章的信中谈到丈夫，“其无信义，无情谊，嫖赌，虚言，损人利己，凌侮亲戚，夜郎自大，铜臭纨绔之恶习丑态”。在追求进步与道德的秋瑾看来，她的丈夫实在一无是处。对于这个同床异梦的伴侣，她毫不留恋。一旦时机成熟，她就会义无反顾地走出家庭，为了自己的信念，也为了千千万万的姊妹摆脱如她一般的处境，争取到真正的自由。

1902 年，王廷钧在清廷捐了个户部的职位，秋瑾携子随其赴京。这对于秋瑾来说，无疑是人生重大的转折。在北京，她第一次着男装，结识了一生最重要的挚友吴芝瑛；她接触了新思想，决定了赴日留学的主张。

刚到北京的时候，秋瑾是局促的。她住在南衡街圆通观对面的一所小宅里，终日蛰居，除非是她熟识的人，否则都一律回避。后来她结识了丈夫同事的妻子吴芝瑛，她们比邻而居。吴芝瑛(1868—1934)字紫英，号万柳夫人，安徽桐城人，吴汝纶的侄女。她工诗文，犹以书法闻名。秋瑾和吴芝瑛都有深厚的学养，两人一见如故，相见恨晚。时人称二人才力旗鼓相当，“见者咸惊以为瑚珊玉树之齐辉而并美也”。次年正月，秋瑾即与气性相投的吴芝瑛结为“贵贱不渝、始终如一”的盟姊妹。秋瑾有诗《赠盟姊吴芝瑛》曰：“曾因同调访天涯，知己相逢乐自偕。”果然这一生她们虽未同生共死，却是无论生死，不离不弃。

1903年中秋佳节，王廷钧说好在家宴客，让秋瑾准备。谁知临到眼前，王廷钧却和朋友们一起喝花酒去了。秋瑾烦闷之际，索性也独自走出家门。也许是想感受一下，作为男人在这个社会上昂首阔步到底是怎样的滋味，她第一次女扮男装，带着小厮到戏园子看戏。不料被王廷钧发现，认为实在有辱家风，于是打了秋瑾。秋瑾怒而出走，在泰顺客栈住下。她愤而写下了著名的《满江红》，抒发着身为女儿却心怀男儿志的肝胆，词中下阙道：

身不得，男儿列，心却比，男儿烈。算平生肝胆，因人常热。俗子胸襟谁识我？英雄末路当磨折。莽红尘，何处觅知音？青衫湿。

后来秋瑾先后暂居吴芝瑛、陶大钧家，接触到了更多进步的报章和文学。她的一腔抱负终于有了明确的方向。她拍了舞剑的照片，还作了《宝刀歌》和《剑歌》，诗中洋溢着昂扬的斗志和沸腾的热血，一时和者甚众。

1904年，秋瑾决定离开她陈旧的家庭，赴日留学。丈夫为了阻止她，不仅进行了经济封锁，还将秋瑾的私房首饰藏起来。然而秋瑾的决心不可动摇，她想方设法地变卖了剩余首饰，谋得了赴日的盘缠。为她送别的不是爱人，而是她的姐妹。吴芝瑛在陶然亭为秋瑾饯别，作书一联："驹隙光阴，聚无一载。风流云散，天各一方。"吴芝瑛黯然神伤，如此意气相投的姐妹，不过相交一年就要别去，此后是否会合有期，实难预料。秋瑾亦不禁怅然，她当即回以一首《临江仙》，展望着将来可能的重逢："相逢异日可能凭？河梁携手处，千里暮云横。"

侠气逼人的秋瑾，就连想象中的相见都是如此大开大合。

秋瑾去日本的志向是明确的，正如她在海船上再次以诗明志："日月无光天地昏，沉沉女界有谁援？"（《有怀·游日本时作》）她要拯救这个时代，拯救沉沦的女同胞。她曾对吴芝瑛说，不学师范，不学医学，因为科学不能增长她救国救二万万女同胞的本领，所以她要学的是革命的理论和本领。她在《日本石井君索和即用原韵》中更是直抒胸臆：

漫云女子不英雄，万里乘风独向东。
诗思一帆海空阔，梦魂三岛月玲珑。
铜驼已陷悲回首，汗马终惭未有功。
如许伤心家国恨，那堪客里度春风？

将舍身救国之志,要为女英雄之革命气概,一写无余。

1905年初,秋瑾回国探亲并筹措学费。海轮一到上海,她就去拜访了盟姐吴芝瑛。秋瑾兴高采烈地展示着她的日本刀,对吴芝瑛说:“吾以弱女子,只身走万里,往返者数,搭三等舱,与苦力杂处,长途触暑,一病几殆,赖以自卫者,惟此刀耳。”芝瑛玩笑道:关吏难道不会怀疑你是女革命党么?秋瑾避重就轻笑答,本来就知道我不是啊。酒喝到酣处,秋瑾拔刀起舞,高唱日本歌,芝瑛则命女儿以风琴相和。真是一时风流。刀,是秋瑾的勇气和决心的象征,芝瑛自此知道了秋瑾的异志。她不曾明言,只是反复叮咛秋瑾珍重,秋瑾颔首作别。姐妹俩的信任和默契如是。

是年八月,秋瑾在日本加入同盟会。她是浙江籍留学生中第二个加入的,且是光复会员,被举为同盟会浙江主盟人。自此,她将字更为竞雄,号为鉴湖女侠,积极物色人才,大力发展同盟会。十一月,日本公布《清国留学生取缔规则》,企图阻止留学生的爱国行为。当时留学生分为两派,一派主张立即回国,一派主张忍辱偷生,以学业为重。秋瑾和陈天华主张立刻回国谋求革命事业。秋瑾在台上发言,说到激烈处,拔出靴中倭刀插进讲台,慷慨道:“如有人回到祖国,投降满虏,卖友求荣,欺压汉人,吃我一刀!”

数月后,回国之风渐无声息,而革命事业停滞不前。陈天华遂以死相谏,蹈海而死。他留下绝命书,劝告留日学生坚持爱国,奋斗到底。陈天华之死对秋瑾触动很大,她写下《感怀》诗,深叹“莽莽神州叹陆沉,救时无计愧偷生”、“经营恨未酬同志,把剑悲歌涕泪横”。

她在后来写给徐自华的信中,曾经追忆陈天华对她的引领:“星台短暂一生，光彩炽烈，壮美无与伦俦。其著《醒世钟》、《猛回头》等，余在湘时曾获捧读，即涕泪无从。夜半梦回，想起其警句，如卧芒刺，必跃然下床，自况曰：‘奋起！奋起！’”

1906年二月，秋瑾从日本归国。她身着男装，前往照相馆拍了一帧小像，并且作《自题小照·男装》，诗曰：

俨然在望此何人，侠骨前生悔寄身。
过世形骸原是幻，未来景界却疑真。
相逢恨晚情应集，仰屋嗟时气益振。
他日见余旧时友，为言今已扫浮尘。

其弟秋宗章记：“姊既归，乃弃和服不御，制月白竹布衫一袭，梳辫著革履，俨然须眉焉。”“改装伊始，曾往越中蒋子良照相馆摄一小影，英气流露，神情毕肖。”身着男装的她，扫却前尘，改头换面，准备以男人的胸怀与志向干一番惊天伟业。

三月间，秋瑾在吴兴南浔女校教书时结识了徐自华姐妹。徐自华字寄尘，长秋瑾两岁，时任南浔女校校长。两人一见投缘，秋瑾《赠语溪女士寄尘》道：“客中何幸得逢君，互向窗前诉见闻。”徐自华在《祭秋女士文》中道：“同事二月，雅相怜爱。”秋瑾在女校宣传进步思想，很多学生深受启发，徐自华之妹徐蕴华即是其中之一。蕴华字小淑、双韵，当时二十五岁，正在校读书。秋瑾与学生们感情融洽，却遭到了顽固校董的反对，所以五个月后秋瑾被迫离开南浔前往上海。小淑说:“同学痛失良师,涕泣数日,家姊也愤而辞职。”

六月,秋瑾和同志们在上海出租屋里制造炸药,不料发生事故,秋瑾伤手,机关被暂时封闭。秋瑾潜回绍兴,九月方才回到上海。这期间,她曾经顺道与徐自华同游杭州。这年冬天,秋瑾在杭州发展会员。据周亚卫回忆,那时的秋瑾身穿一件男式玄青色湖绉长袍,头梳辫子,加上玄青辫穗,穿黑缎鞋。她的男装无疑是一种宣告,正如徐自华诗中所写:“多少蛾眉雌伏久,仗君收复自由权。”

1907年是秋瑾生命的最后一年。这年二月,她往来诸暨、义乌、金华、杭州等地串联革命。春天她回到绍兴,与徐锡麟同办明道女子学堂,同时主持革命党为培养新生力量兴办的大通学堂。她常常身着男装,骑着马,带学生们到郊外打靶。小孩子们很稀奇她的男装妆束,常常围在马边看她,秋瑾泰然自若,也并不呵责。

四月,秋瑾亲自制定了光复军制,将浙江诸地会党编为八个军,对武装起义的军服、军旗、军令、行军路线和日期都做了详尽的部署,定于七月六日起义,后来又推迟到十九日。部署停当以后,刚过端午节,秋瑾即前往浙江石门徐自华家筹集军饷。徐自华虽然忧心秋瑾的安全,大义上却不能阻止她。她将自己的首饰倾囊而出,约值三十多两黄金。秋瑾深感无以回报,当即脱下臂上玉钏赠给徐自华,说:起义之事成败尚不可知,玉钏就权且留给阿姐作个纪念。两人相与涕泣,秋瑾临走之时,再次提到了三月间泛舟西湖时,曾经笑语的西泠埋骨之约。

七月六日徐锡麟在安庆刺杀安徽巡抚恩铭,被捕遇害。浙江起义之事亦因此泄漏,而他一手经办的大通学校,立刻成为清兵进攻的目标。七月十日,秋瑾方从报上得知徐锡麟遇难的消息非常难过,拿着报纸在内室独自饮泣,不吃饭也不说话。无论是谁劝她逃走,她都非常忿恨。她慷慨道:“我怕死就不会出来革命,革命要流血才会成功。如满奴能将我绑赴断头台,革命成功至少可以提早五年。”这天,她给学生徐蕴华寄了一首《致徐小淑绝命词》:

痛同胞之醉梦犹昏,悲祖国之陆沉谁挽。日暮穷途,徒下新亭之泪,残山剩水,谁招志士之魂。不须三尺孤坟,中国已无干净土;好持一杯鲁酒,他年共唱拜仑歌。虽死犹生,牺牲尽我责任。即此永别,风潮取彼头颅。壮志犹虚,雄心未渝。中原回首肠堪断。

“虽死犹生,牺牲尽我责任”,秋瑾是早已做好了为革命以身相殉的准备。此文写于其殉难前五日,这时她拒绝了王檗华邀请她到上海租界避难的建议。她安排了同志们撤退,销毁机密文件后,写下此词作为绝笔。小淑是她心爱的学生,秋瑾生前爱其聪慧,曾有赠诗曰:“我欲期君为女杰,莫抛心力苦吟诗。”正是秋瑾对小淑这样的传统才女的热切希冀,希望她们走出小我,投身新时代的洪流。秋瑾将这首《绝命词》寄给小淑,将革命成功的厚望寄予了后来人。

七月十三日,秋瑾在大通学堂被捕。面对酷刑审讯,她只写下了“秋风秋雨愁煞人”七个字，再无他语。七月十五日清晨四时，秋瑾身穿白汗衫，元色生纱绸裤，脚穿西式鞋，反绑双手，并戴镣铐，在轩亭口英勇就义。百姓们都很同情秋瑾，因为轩亭口历来是斩强盗的地方，而秋瑾不是强盗；秋瑾没有口供，按例不能杀没有口供的人。妇女只有剐刑和绞刑，本不该用斩刑。秋瑾之死，民怨沸腾，江浙为之动荡。不久，浙江巡抚、绍兴知府皆被调走。

秋瑾死后，暴尸于外，家人不敢收敛。吴芝瑛前往山阴为秋瑾营葬，《哀山阴》一首道尽此时哀感：“天地苍茫百感身，为君收骨泪沾衣。秋风秋雨山阴道，太息难为后死人。”是年冬，徐自华为了完成秋瑾的遗愿，在征得吴芝瑛的同意后，只身冒着风雪渡过钱塘江，秉烛夜探文种山，将秋瑾的灵柩从绍兴迁往杭州。那时她的女儿刚刚去世，她强忍着丧女之痛，感而为诗曰：

哭女伤心泪未干，首途急急觅君棺。

一腔热血依然在，纵冒风雪不知寒。

继而徐自华购地，吴芝瑛出葬费二百，秋瑾的生前挚友合力将秋瑾安葬于西泠桥畔，终践故人之约。陈去病《秋社启》称桐城吴氏、石门徐氏之举义薄云天。吴芝瑛有西泠吊秋诗“今日西泠拼一恸，不堪重唱宝刀歌”，为人传诵一时。

1908 年春，徐自华在西湖边成立秋社，以继承秋瑾的遗志。是年秋，清廷平秋瑾墓，欲捕吴芝瑛。胆识过人的吴芝瑛慨然上书总督端方：“是非

（元）王冕　南枝春早

俗子胸襟谁识我？
英雄末路当磨折。
——《满江红》

自有公论,处理则在朝廷。芝瑛不敢逃罪,只求勿将秋氏遗骸暴露于野。”秋坟历遭劫难,前后迁葬九次。其墓表碑文由徐自华撰写,吴芝瑛题书,一时号称“三杰”。

1912年初,徐自华为武昌起义成功感慨万端,写下《中原光复重入越中有悼璇卿》:

秋风秋雨起战尘,胡尘吹净扫妖氛。

剧怜革命功成日,立马吴山少此君。

革命事业终于成功,徐自华是如此迫不及待地将喜讯告诉泉下的好友。然而诗人又是如此感伤,因为秋瑾没有能活着看到这一天。是年徐自华主持营建秋瑾新墓,建风雨亭和秋祠,创办上海竞雄女学。徐自华与秋瑾生前相交不到一年半,其一生奔走,却是为秋瑾未竟之事业鞠躬尽瘁。

1927年,徐自华把秋瑾当年赠给她的玉钏还给秋瑾之女王灿芝,并将上海竞雄女学交付其手中。她为此而作的《返钏记》,是上个世纪三四十年代中小学课本中的范文。其中伟大的友谊和风标,至今令人高山仰止。这年徐自华五十五岁,而秋瑾去世已经二十年。1935年徐自华逝世,葬于孤山,与秋瑾坟咫尺相对。千秋知己,若此肝胆相照、生死相许,直与湖山共垂不朽。

2011年2月28日于广州暨南大学

图书在版编目（CIP）数据

有斜阳处有春愁 ：才女的诗心和宿命 / 早早著. --
南京 ：凤凰出版社，2013.5
ISBN 978-7-5506-1762-9

Ⅰ. ①有… Ⅱ. ①早… Ⅲ. ①散文集－中国－当代
Ⅳ. ①I267

中国版本图书馆CIP数据核字(2013)第070616号

书　　　名	有斜阳处有春愁——才女的诗心和宿命
著　　　者	早　早
责 任 编 辑	李艳丽
出 版 发 行	凤凰出版传媒股份有限公司 凤凰出版社(原江苏古籍出版社) 发行部电话025-83223462
出版社地址	南京市中央路165号，邮编:210009
出版社网址	http://www.fhcbs.com
经　　　销	凤凰出版传媒股份有限公司
照　　　排	江苏凤凰制版有限公司
印　　　刷	扬中市印刷有限公司 扬中市科技园区东进大道6号，邮编:212212
开　　　本	652×960毫米　1/16
印　　　张	16
字　　　数	167千字
版　　　次	2013年5月第1版　2013年5月第1次印刷
标 准 书 号	ISBN 978-7-5506-1762-9
定　　　价	29.80元

(本书凡印装错误可向承印厂调换，电话:0511-88420818)